古典文學研究輯刊

二十編

曾永義 主編

第 11 冊

明清文學書寫與民間信仰之建構——
以《西遊記》《封神演義》所建構的民間信仰譜系爲中心

張 琦 著

國家圖書館出版品預行編目資料

明清文學書寫與民間信仰之建構——以《西遊記》《封神演義》
所建構的民間信仰譜系為中心／張琦 著 — 初版 — 新北市：
花木蘭文化事業有限公司，2019〔民108〕
目 2+152 面；19×26 公分
（古典文學研究輯刊 二十編；第 11 冊）
ISBN 978-986-485-885-9（精裝）
1. 西遊記 2. 封神演義 3. 研究考訂 4. 明清文學 5. 文學評論
820.8   108011730

ISBN-978-986-485-885-9

9 789864 858859

古典文學研究輯刊
二十編　第十一冊　　　　　　　ISBN：978-986-485-885-9

明清文學書寫與民間信仰之建構——
以《西遊記》《封神演義》所建構的民間信仰譜系爲中心

作　　者　張琦
主　　編　曾永義
總 編 輯　杜潔祥
副總編輯　楊嘉樂
編　　輯　許郁翎、王筑、張雅淋　美術編輯　陳逸婷
出　　版　花木蘭文化事業有限公司
發 行 人　高小娟
聯絡地址　235 新北市中和區中安街七二號十三樓
　　　　　電話：02-2923-1455／傳真：02-2923-1452
網　　址　http://www.huamulan.tw 信箱 hml810518@gmail.com
印　　刷　普羅文化出版廣告事業
初　　版　2019 年 9 月
全書字數　125488 字
定　　價　二十編 19 冊（精裝）新台幣 40,000 元

明清文學書寫與民間信仰之建構——
以《西遊記》《封神演義》所建構的民間信仰譜系爲中心

張琦　著

作者簡介

張琦（1977～），文學博士，四川大學文化科技協同創新研發中心助理研究員。學術研究方向爲古代中國宗教信仰研究、宗教文獻研究。發表學術論文多篇，目前主持國家社科基金一般項目「巴蜀地區善書輯注與研究」，參與國家社科重點項目「中國佛教寺院志研究」。

提　　要

　　明清時期，小說、戲劇等文學作品成爲各種思想的重要載體，當時乃至後世普通民眾的世界觀、人生觀、價值觀等核心觀念很大程度上受到這些文學作品的影響。在民間信仰的構建過程中，以《西遊記》《封神演義》爲代表的神魔小說無疑是最能集中體現這種狀況的典型文本。本書通過對這兩部代表性文本的考察，揭示出小說中的神祇主要來自佛道二教以及流傳久遠的民間信仰，數量龐大的神祇被小說創作者以特定方式整合，展現出一個跨越多個文本的、相對完整的神祇譜系。這個神祇系統的成型，意味在古代中國民間信仰系統中「信仰—文學—信仰」傳播鏈條的成型。這顯示出文學作品與民間信仰之間的互動關係：創作者將信仰作爲素材吸納進作品，文學作品再通過各種傳播形式、介質在民眾之間流傳，轉而又對民間信仰產生極爲重大的影響。在這個鏈條當中，文學作品作爲信仰變化的見證者與推動者存在，信仰則通過文學的反映與傳播而獲得更多的信眾。

　　本書擷取《西遊記》《封神演義》中的部分神祇進行追本溯源之研究，重點考察了觀音、城隍、方相氏等神祇，以冀從其來源、傳播、流變的過程中考見古代中國民間信仰傳播與文學書寫之間的特殊關係，同時也探討創作者對東西方神祇的整合態度及方式。

基金支持：四川大學中央高校基本科研業務費項目「明清時期民間信仰與中國文學」（2019whkjzy002）

目

次

第一章 緒 論

第一節 選題緣由、目的及意義

  塞繆爾·亨廷頓在其著作《文明的衝突與世界秩序的重建》中言及：「任何文化或文明的主要因素都是語言和宗教。」[註1] 信仰伴隨人類文明的進程而產生發展，要對一個族群或者一個文明的精神內核進行研究解讀，則信仰的重要性不言而喻，它既是不同文明之間差別的核心所在，亦是造成文明間交流與衝突的底層因素之一。宗教信仰與社會生活的各個層面都密切相關，大至政府的宏觀思路、對內對外政策，小到民眾日常生活的點滴，某些聯繫是隱秘而潛在的，某些聯繫則是顯性而易見的，但無論如何，從信仰這個角度對歷史進行研究解讀都是不可或缺的。

  本書從信仰角度來對明清時期文學的寫作傳播進行觀察與研究，重點討論該時期文學書寫傳播過程與民眾信仰建構整合之間的互動。明清時期是中華文明承上啟下的一段時期，上承漢唐宋元以來形成之獨特文明，下則與現當代中國文化密切相關。中國民眾思想觀念、倫理準則、行為方式等諸多方面的底層邏輯均由這個時期建構成型乃至延續至今，尤其是本書所關注的民眾信仰這個層面。中國民眾的信仰歷經數千年而綿延不絕，其間經歷了多次的社會動盪、文明衝突與融合，得以形成流傳千年且迄今仍然生生不息的信仰格局。一種信仰的產生與流行，既有來自於底層的社會現實需求，也有來

[註 1] 〔美〕塞繆爾·亨廷頓，文明的衝突與世界秩序的重建（修訂版）〔M〕，周琪等譯，北京：新華出版社，2010，第 38 頁。

自於政治、經濟等多方面的因素驅動，在多種因素的共同驅動之下，信仰才得以深植人心，並由此外化爲社會倫理道德、公共規則、行事準則等一系列體現出文明特質的現象。

本課題之所以選擇明清這個時期進行研究，是由於中國社會自宋代的轉型之後，眞正深度影響後世中國的社會逐漸成型，而橫跨歐亞大陸的蒙元帝國則給已經逐漸成型的這個社會帶來全新的衝擊，草原文明和中原的農耕文明開啓了新一輪的衝突與交互。在這個大的歷史背景之下，明帝國面臨的困境首先就是要完成對帝國上下的思想整合，而這個思想整合在民眾層面，毫無疑問只能從信仰角度來著手，所以我們可以看到明政府對於「淫祀」的整合，對於城隍神信仰的全國推行，甚至明代皇后還親自編寫一些基本的社會倫理準則，如《大明仁孝皇后勸善書》《夢感佛說第一希有大功德經》《內訓》等，自上而下由政府組織鄉紳階層進行推廣。由此也導致了在更早時期出現的部分信仰進一步流行，一些觀念進一步深入民心，同時也推動了善書的流行，以及部分民間慈善組織的出現。這些現象的背後都有深刻的社會因素，如前所述，這些因素是多角度多層面的。而在明清時期，小說、戲劇等得到了蓬勃的發展，尤其是大量神魔小說的出現，如《西遊記》《封神演義》等，更是把流行於民間的各種信仰通過特定的故事糅合到一起，形成了一個特殊的「信仰世界」，或者說對民眾的信仰世界進行了「重新定義」。這個被糅合在一起的信仰世界再經由小說的流行、說書人的敷衍、戲劇的演出等諸種形式深植到民眾的心目當中，小說等文藝形式則成爲了特殊的傳播媒介。這個過程正是本書所關注的核心主題，本課題從明清文學作品的書寫、傳播與民眾信仰的整合接受過程中的多個角度和層面來進行探討研究，以冀能由此窺見中國民眾信仰的形成和統合過程，以及因此而形成的中華文明獨特的價值觀、世界觀、倫理觀等。

本選題的研究目的：探尋明清時期民間信仰與同期文學作品之間的內在聯繫，討論明清時期文學作品中展現出來的民間信仰因素、二者之間的互動性以及由此而產生的歷史影響，從而從一個全新的角度來考察明清民眾生活信仰狀況、其時的文學創作與接受狀況等。

爲達到此目的而選擇《西遊記》（吳承恩百回本）和《封神演義》作爲研究範本，則基於以下原因：

（1）明清時期，各類思想觀念以文學的各種形式爲載體，廣爲傳播。宋

元以後，中國古代社會進入一個全新時代，市民文化成爲民間文化的主體，儘管當時的主流文學仍然是傳統的詩、文、詞，小說、戲劇等仍然屬於小道、末技的範疇，但在民間盛行的恰恰是小說、戲劇等文藝形式，普通民眾很少關注詩、文、詞這類文人創作的發展與成就，卻對敷衍故事的小說、表演生活事件的戲劇等具有莫大的興趣，以至於在明代就已經出現了專門以創作這些作品爲生的文人群體以及賴此營生的商業群體。由於其影響的深遠性，這些文學作品遂成爲傳播各種思想的重要途徑，明清時期乃至於現當代普通民眾的人生觀、價值觀等很大程度上是由這些文學作品，尤其是那些流傳廣遠的作品所塑造的。今天研究古代民眾的日常生活特別是本文所要探討的信仰生活，關注普通大眾的眞實生活場景，顯然無法逃避和跳開這些眞正在當時民間具有重要地位的傳播載體。

（2）《西遊記》與《封神演義》是最爲集中地反映明清民間信仰的典型文本。在古典小說研究領域，這兩部作品一般被歸類爲神魔小說，並且被作爲這一類小說的代表作，其中涉及到的神祇林林總總，數目龐大。《西遊記》中出現了大量的佛道神祇，比如如來佛、觀世音菩薩、玉皇大帝、太上老君、二郎神等等，各具法力，令人眼花繚亂。而《封神演義》則把神祇之間的大戰附會到了周武伐商的歷史事件當中，眾多的神仙前仆後繼地參與到這場龐大恢弘的戰事之中。通過對這兩個典型文本的仔細分析，我們發現，儘管裏面寫到的神祇爲數眾多，但是仍然存在地位上的高低差別，並被創作者按照一定的秩序來進行了安排，展現出了一幅較爲完整的民間信仰圖景。我們在考察這些神祇的來源時發現，這些神祇很多並非憑空創造，而是有著長久的歷史淵源；把散見於歷朝歷代中的、來源於不同宗教的神祇集中在一起，就形成了一個相對完整的體系，這個體系既不同於傳統的佛教神譜體系，也不同於傳統的道教神譜體系，而是有著其自身的特點。兩部小說中的這個民間信仰體系形成之後，對於後世民眾的信仰又產生了巨大的影響，以至於一些由小說家創造出來的人物最後也進入了民間信仰體系，成爲「新的」神祇。陳建憲《玉皇大帝信仰》明確指出：「將中國古代宗教信仰加以系統整理，組織成以玉帝爲首的神靈系統，幷加以文學化、通俗化，促使其在民眾中廣泛流傳，是《西遊記》的一大成功。在《西遊記》之前，雖然包括玉帝在內的各種信仰都已存在，但一則各種信仰系統並存，老百姓無所適從；二則佛、道經典玄奧晦澀，老百姓不易接受。《西遊記》出版後，改變了這種狀況。在

這本書中，人民創造了一個從未有過的絢麗多彩的天上世界，那裡有金碧輝煌的諸神行宮，也有水色山光掩映的瓊樓玉宇，每一位神靈都在玉帝麾下各居其位，各司其職。這樣嚴整的神靈系統，在過去的文藝作品中是從未有過的。」〔註2〕我們認爲，在民間信仰和這些廣泛流傳的文學作品之間存在一種互動，二者有著相互的交融與影響，相互促進，而本文的寫作目的正是研究和探討民間信仰與文學作品之間的這種特殊聯繫。

（3）《西遊記》與《封神演義》都屬於歷史層積型的作品。《西遊記》雖然成書於明代，但是西遊故事則傳承久遠，在玄奘取經歸來之後，民間就逐步出現了唐僧西遊的故事；在故事的流傳過程中，不斷地由不知名的創作者們加入了具體情節與感人故事，這些情節和故事中出現的很多神祇傳說等都來自於民間；最終在明代的時候，形成了百回本的《西遊記》。因此《西遊記》一書並非完全是創作者個人意志的體現，中間還包涵了眾多的民間智慧特別是民間信仰因素，這一點在學界業已達成共識。《封神演義》也是如此，其書是根據評話《武王伐紂》，再參考古籍和民間傳說創作而成。《封神演義》的作者，也如《西遊記》一般，歷來眾說不一，但其積累了很多的民間神話傳說等等則是毫無疑問的。那麼，《西遊記》和《封神演義》當中的信仰因素，自然能夠在一定程度上反映古代中國普通民眾的信仰狀況。

（4）《西遊記》與《封神演義》在民間流傳廣遠，影響至深。西遊故事自產生以來就以各種形式如戲劇、說唱等在民間流傳，而《西遊記》成書以後更是深受各階層民眾喜愛，以至於家喻戶曉。以《西遊記》中的主要人物孫悟空爲例，孫悟空並未正式進入佛教的神譜體系，但是在一些佛教的廟宇當中出現了《西遊記》場景的壁畫，以此來敷衍西遊故事，宣揚佛教教義；並且在很多地方的民間廟宇中，出現了對孫悟空的供奉，如清褚人獲《堅瓠集·餘集》卷二引《艮齋雜說》曰：「福州人皆祀孫行者爲家堂。又立齊天大聖廟，甚壯麗。四五月間，迎旱龍舟，裝飾寶玩，鼓樂喧闐，市人奔走若狂，視其中坐一獼猴耳。」〔註3〕又清焦東周生《揚州夢》卷四云：

> 《西遊記》有齊天大聖、鹿角大仙，舊城竟建祠同祀。廟主言：
> 「說部多誣。大聖本漁人子，形類猴猻，得奇書成道。因以驅虞爲
> 虎，殺傷過多，謫塵世爲武官，領傳兵法。宋高時爲大將，圍金軍，

〔註2〕陳建憲，玉皇大帝信仰〔M〕，北京：學苑出版社，1994，第125頁。

〔註3〕褚人獲，堅瓠集·餘集〔M〕，卷二，全國圖書館文獻縮微複製中心2002。

久不下。或言其惰，意不搖，又有議其奢豪，攜女子軍中者。其實布帛菽粟，甚自收斂，遇事有作用，又能保藏。金軍退，朝廷怒之，死猶坐刑。上帝念其舊德，使復位。大仙本漢末書生，甚有文望，著《九河論》，宗白圭。爲戶曹轉餉官，言：『車行迂緩，不如舟行速。』又諫酒稅：『無私禁，官自開槽，任民自販。』事皆未成。既而自悔曰：『我說勢不行，行則河必潰，車夫酒戶，皆無著落，又爲國家增亂民矣，即此亦當受殺生報。』後果陷於兵，二妾幽一載始逃。上帝憐其慘死，使掌鹿山。貓來捕鹿，大仙思前事，不忍傷生，挾鹿避之，仁人也。」其說不經，較《西遊》更甚。〔註4〕

魯迅先生《小說舊聞鈔》於此條下注云：「此種俗說，當起於《西遊記》盛行之後。」類似這種供奉孫悟空的廟宇我們至今仍然可以覓見其蹤影，如河北省鹿泉市封龍山上就有「猴王廟」，專門供奉孫悟空〔註5〕；福建南平順昌縣寶山發現了「寶峰齊天大聖」、「通天大聖」的合葬墓〔註6〕；類似的供奉還散見於全國各地的其他民間廟宇當中。孫悟空、豬八戒、哪吒等小說、戲劇中的人物在清末義和團運動時竟然成爲了會眾尊奉的神衹〔註7〕，北京傳統花會中的「五虎棍」供奉的神衹也是孫悟空〔註8〕。凡此種種，皆表明《西遊記》對明清普通民眾的信仰觀念之影響是十分巨大的。成書稍晚之《封神演義》在這方面的作用，相對於《西遊記》而言，並不遑多讓，顯然也是民間戲劇創作的直接來源之一，其中的各種神話人物經過戲班、說書人等在民間的廣泛傳播，成爲了家喻戶曉的人物，有很多人物和事蹟甚至成爲了民眾的歇後語、口頭禪，比如「姜太公釣魚——願者上鉤」等。小說中的人物形象，如開路神方弼、方相，源自古書，但又頗爲不同；自本書出刊後，社會上大殯葬行列中，前面均有紙紮的此二開路神巨像。又民間在建房豎柱之際，貼一紅紙上寫「姜太公在此，諸神迴避」，蓋因相信姜太公是封神之人，一切凶煞均在其屬下，不敢爲非之故。《封神演義》的流行還直接導致了一些民間信仰的變化，比如清源妙道眞君二郎神。二郎神本由李冰父子治水衍變而來，宋

〔註4〕　焦東周生，揚州夢〔M〕，卷4。
〔註5〕　百度百科〔DB/OL〕，http://baike.baidu.com/view/491767.htm
〔註6〕　新華網〔DB/OL〕，http://www.fj.xinhuanet.com/news/2006-01/05/content_5971423.htm.
〔註7〕　程嘯，民間宗教與義和團揭帖〔J〕，歷史研究，1983（2）。
〔註8〕　北京民俗博物館〔DB/OL〕，http://www.dym.com.cn/newsgroup/shownews.asp?newsid=1132.

元雜劇中已漸神化，但《朱子語類》中還說他是李冰第二個兒子；自《封神演義》、《西遊記》兩書流行之後，遂尊楊戩爲二郎尊神。我們說，二郎神由李冰第二小兒子先衍變爲隋代嘉州太守趙昱，再衍變爲楊戩，確實受到了《封神演義》的影響。又如東嶽大帝及其子炳靈公，作爲泰山之神，但在《封神演義》行世後，一般民間百姓卻認爲東嶽大帝是黃飛虎，炳靈公是黃天化。《封神演義》在世俗間的影響力不可謂不甚。

此外，《西遊記》和《封神演義》中的某些神祇互有交叉，雖然這些神祇在二書中的地位不同，但其故事則互爲補充。這種情況使得兩部小說中的神祇世界聯繫在了一起，並令普通民眾相信這是講述同一世界的不同故事，從而對民眾的信仰心理產生影響，使得民眾能夠很快地接受這些「神話」，從而重建建構大眾的信仰譜系。

本選題的意義在於：

（1）本選題將民間信仰、中國文學、佛教、道教、儒學、民俗、歷史學等多門學科相結合的交叉性研究，屬於一種全新的探索。儘管目前有關民間信仰或中國文學的研究成果累累，但將民間信仰與中國文學這二者結合起來研究、更進一步與民俗等學科交叉的探討，卻相當少見，缺乏全面探討明清民間信仰與中國文學關係的專著或系列成果。

（2）從明清民間信仰的角度重新審視中國文學，有助於更爲全面、準確和深刻地理解文學現象、作家和作品等，是對中國文學研究的有益補充。

（3）從理論上分析明清民間信仰與中國文學之間的互動，有助於構建新的明清文學史。中國文學是對當時社會文化的綜合性反映，其產生和發展受到多種因素的影響和制約。這些因素之中，民間信仰無疑佔有重要而不可替代的地位，潛移默化地浸潤進了中國文學。而這方面的研究，基本上尚是空白。本選題涉及研究明清民間信仰影響中國文學的方式方法，明清民間信仰在中國文學中的地位，明清中國文學對民間信仰的反作用等諸多問題，爲撰寫新的明清文學史提供數據。

（4）有助於明清民間信仰研究。本選題在研究過程中，將試圖清理中國文學中的明清民間信仰現象，勾勒出明清時期中國文學中的民間信仰演變史，從而爲明清民間信仰研究提供新的視角、論據、觀點，並對以前的明清民間信仰研究作一定的補充和修正，有助於構建更爲豐富、翔實、準確的明清民間信仰史。

（5）有助於民俗學、社會學等的研究。民間信仰與民俗的關係非常密切，本選題將試圖釐清二者之間的聯繫與差別。

（6）有助於構建中國文化史，特別是中國俗文化史，它將爲構建中國文化史提供一個新的視角。

第二節　研究現狀

前文已述，目前學界對於明清民間信仰與文學作品的交叉研究仍然基本處於空白狀態，儘管對於二者的分別研究已經有相當數量的成果問世，尤其是明清時期文學作品的研究格局已經基本成型。明清文學研究以小說、戲劇等文體的研究尤爲興盛，而這一部分的研究恰恰緊密貼近民眾日常生活狀況，因此本文的研究實際上是以目前學界對於這部分作品的研究成果爲基礎的。由於明清時期文學作品繁多，這類研究的成果也十分龐大，因而以一人之力難以窮盡，只能著眼於一些具有典型特徵與意義的作品來進行創新性研究。

目前學界有關《西遊記》的成果很多，探討的範圍也越來越大，然而是書中的神祇信仰體系的研究仍然基本上屬於空白狀態。已有的少數研究雖然針對《西遊記》中出現的神祇，又大都著眼於找出其信仰的源頭，尤其是佛教源頭，並且這些研究紛爭不休，並無定論，比如孫悟空的來歷問題，一直以來就是學界爭論不止的話題，而對於書中神祇信仰如何影響普通民眾的信仰生活則缺乏足夠的關注。這方面重要的成果有胡適《〈西遊記〉考證》〔註9〕、鄭振鐸《〈西遊記〉的演化》〔註10〕、陳寅恪《〈西遊記〉玄奘弟子故事之演變》〔註11〕、季羨林《〈西遊記〉裏面的印度成分》〔註12〕等。

目前對於《封神演義》的研究，較《西遊記》來說可謂稀少。除去探討其版本、作者等問題的成果以外，與本選題相關的研究更是寥寥可數。較有代表性的是：柳存仁《〈封神演義〉的佛教探源》、《佛道教影響中國小說考》

〔註 9〕胡適，《西遊記》考證〔A〕，胡適文存〔C〕，亞東圖書館，1928，二集卷四。
〔註10〕鄭振鐸，《西遊記》的演化〔A〕，鄭振鐸文集（五）〔C〕，北京：人民文學出版社，1988。
〔註11〕陳寅恪，《西遊記》玄奘弟子故事之演變〔A〕，郁龍余編，中印文學關係源流〔C〕，長沙：湖南文藝出版社，1987。
〔註12〕季羨林，《西遊記》裏面的印度成分〔A〕，中印文化關係史論文集〔C〕，北京：三聯書店，1982。

和《毗沙門天王父子與中國小說之關係》〔註13〕、張政烺《〈封神演義〉漫談》〔註14〕、金鼎漢《〈封神演義〉中幾個與印度有關的人物》〔註15〕、朱越利《〈封神演義〉與宗教》〔註16〕、山下一夫《〈封神演義〉西方教主考》〔註17〕、鄭志明《〈封神演義〉的多重至上神觀》〔註18〕、朱秋鳳《封神演義神仙譜系研究》〔註19〕等。其中，臺灣師範大學朱秋鳳的碩士論文《封神演義神仙譜系研究》與本選題之一部分頗爲相近，但朱文偏重於考察《封神演義》中的神仙譜系與道教理論之關係，認爲《封神演義》中無論是成神成仙的設準，或是神仙體系的展現，幾與道教理論相符，且其神仙的性質與行爲表現亦與道教理論貼近，對於民間信仰方面則所涉不多。

民間信仰作爲一種社會文化現象，在上個世紀的二三十年代曾經引起過眾多學者的關注，並取得了一定的成績。其中最爲突出的是顧頡剛先生曾於上世紀的 20 年代運用人類學、民俗學的方法，對北京妙峰山香會、東嶽廟、福建泉州的鋪境、廣東東莞的城隍廟等作過初步的研究。〔註20〕費孝通先生《江村經濟》對開弦弓村的民間信仰活動加以留意，探討了灶王、劉皇等「神道」在民眾日常生活中的地位與作用。一些治文化史的學者對中國古代民間信仰問題也表現出了一定興趣，如柳詒徵便撰有《述社》一文，對古代中國「社」之源流演變加以條縷剖析。許地山亦曾著有《扶箕迷信底研究》。此外，關於民間信仰的研究論述還散見於當時不少關於民俗及社會風俗的論著之中，如張亮采編著之《中國風俗史》、胡樸安主編《中華全國風俗志》等。

但在解放後，由於受當時政治風氣的影響，在破除迷信的口號下，民間信仰研究幾乎無人問津。直到 80 年代末 90 年代初，隨著人文社會科學研究的不斷深入，這一狀況才開始有所改變。特別是近年來，關注下層社會文化

〔註13〕 柳存仁，和風堂讀書記〔M〕，香港：龍門書店，1977，下冊。

〔註14〕 張政烺，《封神演義》漫談〔J〕，世界宗教研究，1982 （4）。

〔註15〕 金鼎漢，《封神演義》中幾個與印度有關的人物〔J〕，南亞研究，1993（3）。

〔註16〕 朱越利，《封神演義》與宗教〔J〕，宗教學研究，2005（3）。

〔註17〕 山下一夫，《封神演義》西方教主考〔J〕，圓光佛學學報，1999（2）：241～259。

〔註18〕 鄭志明，《封神演義》的多重至上神觀〔J〕，神明的由來——中國篇〔C〕，嘉義：南華管理學院，1997： 306。

〔註19〕 朱秋鳳，封神演義神仙譜系研究〔D〕，臺北國立臺灣師範大學國文研究所碩士論文，1987 年 6 月。

〔註20〕 顧頡剛，顧頡剛古史論文集〔C〕，北京： 中華書局，1988，第一冊。

已經日益成爲學界共識，在此背景之下，作爲民間社會重要組成部分的民間信仰開始受到學者的關注，他們嘗試解讀民間信仰中所包含的歷史文化信息，從而使民間信仰成爲全面瞭解中國傳統社會和普通百姓的一個獨特視角。當前涉足於這一領域的既有歷史學者，也有民俗學界、社會（文化）人類學界的學者，在他們的共同努力下，民間信仰研究逐漸開始走上正軌，並取得了不少成果。下面僅舉部分成果。

在社會人類學理論的影響下，當前社會史領域中的民間信仰研究取得的成果、關注的焦點主要有：

在國外學者中，從社會學的角度考察中國民間信仰最負盛名的當推楊慶堃（C.K.Yang）所著 Religion in Chinese Society：A study of Contemporary Social Functions of Religion and Some of Their Historical Factors（Berkley：University of California Press,1961）〔註21〕，該書被認爲是西方第一部全面研究傳統中國各個階層的宗教行爲的專著，其中有大量篇幅涉及到民間信仰問題；而且與以前著作「主要從思想和哲學角度探討中國宗教問題不同」，它開始「將中國人生活中的宗教因素與整個社會的其他方面及其變化聯繫起來考察」，探討了宗教與家庭、社會、國家等各個層面的關係。他在該書中還提出了制度型宗教（institution religion）和擴散型宗教（diffusion religion）的概念，這是兩個極富創意的概念，是作者通過考察西方宗教與中國宗教現象的差異，從社會學的角度給出的一種解釋，具有很大的包容性，在一定程度上揭示出了中國人宗教信仰的特徵，因此被西方眾多的中國宗教研究者奉爲經典。

就國內而言，受社會學影響的著作也有不少。如林國平、彭文宇《福建民間信仰》、程民生《神人同居的世界——中國人與中國祠神文化》、侯傑、范麗珠《世俗與神聖：中國民眾宗教意識》、李喬《中國行業神崇拜》等。

從傳統史學角度進行的研究，以一些日本學者的研究最爲引人注目，如金井德章、中村裕一、永尾龍造、酒井忠夫、澤田瑞穗、水島毅、松元浩一、須江隆等，分別對東嶽信仰、城隍、文昌神及南宋的賜額問題等，作了較深入的研究。他們的這些成果在由福井康順監修的《道教》（朱越利等譯，上海古籍出版社 1992 年版）一書中有著較爲集中的體現。此外，尤爲值得一提的

〔註21〕楊慶堃，中國社會中的宗教：宗教的現代社會功能與其歷史因素之研究〔M〕，范麗珠主譯，上海：上海人民出版社，2007。

是日本的濱島敦俊和美國耶魯大學韓森（Valerie Hansen）教授。前者從社會
經濟史的角度出發，對明清時期江南城隍信仰及李王、劉猛將、金總管等江
南土神進行了研究，認爲明清時期江南地區民間信仰的發展變化與江南農村
社會經濟的發展是相關，並且「當時的江南農村社會並不僅限於江南地區而
與更廣泛的世界具有聯繫」。〔註22〕後者則主要研究了南宋時期的民間信仰，
通過對大量南宋時期碑銘資料及鬼怪故事的讀解，向讀者「描述了一幅有關
國家與民間宗教關係的全景圖」。〔註23〕

　　儘管目前學界對於民間信仰的研究已經取得相當的成就，但是存在的問
題依然很突出，甚至在一些基本的問題上仍然爭論不休，比如如何界定「民
間信仰」這個概念，不同的學者都各有不同的看法。也就是說，在一些最基
本的概念問題上，學界仍然沒有達成普遍的共識。因此我們下面首先對一些
基本概念加以釐清，確定討論範疇，在此基礎之上再來進行相關問題的探討。

第三節　相關術語之界定

（一）信仰

　　「信仰」與「宗教」這兩個概念既有聯繫又有差別。部分學者在討論民
間信仰時，使用「民間宗教」或者「大眾宗教」的概念，當然自有其考量，
但爲避免混淆，此處特加以探討。

　　信仰（Belief）謂何？《大英百科全書》解釋道：

　　　　a mental attitude of acceptance or assent toward a proposition
　　　　without the full intellectual knowledge required to guarantee its truth.
　　　　Believing is either an intellectual judgment or, as the 18th-century
　　　　Scottish Skeptic David Hume maintained, a special sort of feeling with

---

〔註22〕 濱島敦俊，明清江南城隍考——商品經濟的發達與農民信仰〔J〕，中國社會
　　　　經濟史研究，1991（1），近代江南海神李王考〔A〕，張炎憲編，中國海洋發
　　　　展史論文集（第三輯）〔C〕，臺北：中央研究院三民主義研究所，1988，明清
　　　　江南農村的商業化與民間信仰的變質——圍繞「總管信仰」〔A〕，葉顯恩編，
　　　　清代區域社會經濟研究〔C〕，北京：中華書局，1992，近代江南金總管考〔
　　　　A〕，唐力行編，家庭、小區、大眾心態變遷國際學術研究會論文集〔C〕，合
　　　　肥：黃山書社，1999，總管信仰——近世江南農村社會與民間信仰〔M〕，東
　　　　京：研文出版社，2001。
〔註23〕 韓森，變遷之神：南宋時期的民間信仰〔M〕，杭州：浙江人民出版社，1999。

overtones that differ from those of disbelief. 〔註24〕

而 Encyclopedia of Religion and Ethics 則定義爲：

> Belief is the mental state of assurance or conviction, the attitude of a mind towards its own experiences in which it accepts and endorses them as referring to reality, as having real significance or value. 〔註25〕

維基百科的界定更爲詳盡：「信仰，是指對某種主張、主義、或神的旨意的信服和尊崇，並把它奉爲自己的行爲準則。信仰與崇拜經常聯繫在一起，但是與崇拜還有不同。信仰主要針對『觀念』，而崇拜主要針對某個『個體』，例如上帝、耶穌、太陽、獅子等。信仰與『認知（相信）』不同，一般說認知（相信）一種理論，而不是說信仰一種理論。信仰帶有情感體驗色彩，特別是體現在宗教信仰上。信仰是人對人生觀、價值觀和世界觀等的選擇和持有。信仰體現著人生價值、人生意義的可靠落實。信仰與所信仰的對象是否客觀存在沒有必然聯繫。宗教並非信仰對象，而是信仰的表現形式，表現形式不可作爲信仰對象。信仰可以是外在的，其形成往往是社會的、宗教的傳統影響所至。」〔註26〕

　　基於上述解讀，本文中論及的信仰是一個十分寬泛的範疇，並不僅僅限於對某一神祇的尊崇，同樣也包涵了某些特定的觀念、意識形態等等。信仰本身是構成宗教的必要條件之一，但並非集信仰即可成就爲宗教，宗教的形成尚需有較爲完備的儀式、儀軌、教義等等一系列的條件。一些學者認爲在古代中國的民間，存在一個寬泛的「宗教」，它不具備嚴格的教義以及教規等等，也缺乏嚴密的組織，但遵守一些相同或相近的原則。〔註27〕當然這種學說自有其合理的一面，但我們仍然需要看到，這種「宗教」其實是由一系列的信仰結構而成。因此，本文使用「信仰」這個詞來探討存在於古代中國、對某些神祇和觀念等的尊崇，以有別於一般「宗教」的範疇。

〔註24〕 譯文：指在無充分的理智認識足以保證一個命題爲眞實的情況下，就對它予以接受或同意的一種心理狀態，信仰顯然是一種由內省產生的現象，它或者是一種智力的判斷，或者如18世紀蘇格蘭不可知論者休姆（David Hume）所主張的，是有別於懷疑感覺的一種特殊感覺。

〔註25〕 Encyclopedia of Religion and Ethics 〔K〕.New York: CHARLES SCRIBNER'S SONS, 1928: 459.中譯：信仰是一種確信或深信的心理狀態，在此種狀態下，會把人的自身體驗視作現實存在，如同具有眞實的意義或價值。

〔註26〕 維基百科〔DB/OL〕，http://zh.wikipedia.org/wiki/Category:%E4%BF%A1%E4%BB%B0.

〔註27〕 韋思諦，中國大眾宗教〔M〕，陳仲丹譯，南京：江蘇人民出版社，2006。

（二）民間

「民間」與「官方」相對。一般情況下，「官方」是指國家、政府等權力機構。然而本文所涉及的「民間」這個範疇，其相對的並非一般意義上的官方，而是就獲得官方承認的、具備正統地位的宗教而言，比如佛教或者道教。那麼，這裡所提到的「民間」，實際上包涵的範圍十分寬廣，並不僅僅局限於普通民眾，而是囊括了一些上層人士、政府官員的非官方身份。舉個實際的例子來說，假如某人在朝爲官，其整個家庭顯然屬於統治階層，然而其家人或者其自身並不信佛道，崇祀的卻是福神、財神、灶神、門神等非正統神祇，那麼我們認爲，這仍然是屬於本文中所談到的「民間」這個範疇的。

（三）民間信仰

由於上述兩個概念的所指並不十分明晰，直接導致了目前學界對「民間信仰」這個概念尚未有確切的定義，甚至對於其界定的範圍也並不統一。

關於「民間信仰」這個概念，國內學者過去在論文中曾經有過一些界定。隨著近年來對民間信仰的進一步關注，很多學者開始重新討論這個問題，比如王銘銘《社會人類學與中國研究》、李亦園《宗教與神話》等都有專門章節探討，在 2006 年第一期的《文史哲》刊物中，多位學者又進一步對這個概念進行了討論。

傳統的觀點認爲，所謂民間信仰與制度化宗教相比，其區別主要在於沒有系統化的儀式、經典、組織及領導等，如《辭海》對民間信仰所下定義便是：「民間流行的對某種精神觀念、某種有形物體信奉敬仰的心理和行爲。包括民間普遍的俗信以至一般的迷信。它不像宗教信仰有明確的傳人、嚴格的教義、嚴密的組織等，也不像宗教信仰更多地強調自我修行，它的思想基礎主要是萬物有靈論」。此種觀點明確認爲民間信仰不具有宗教性，並把民間信仰基本只看作是古代社會的殘留，而不是一種動態演進的現象，而且確信它必將會隨著時代的發展而最終走向消亡。近年來隨著研究的進展，在學術界出現了數種不同的觀點。一種認爲，中國古代在儒、釋、道之外存在著第四種宗教，即民間宗教，而「民間宗教應該包括兩個方面：一是教派信仰的宗教，如白蓮教、一貫道等；一是流傳於民間的爲普通民眾所共同崇信和奉行的宗教戒律、儀式、境界及其多種信仰」。在此，民間信仰顯然已被認爲具有一定的宗教性，甚至還包括了部分宗教教派。還有一種觀點則更強調中國民眾信仰行爲的宗教體系性及草根性（非文本性），

認爲中國社會獨立地存在爲一種「民間宗教」（Popular Religion），其內容主要包括「（1）神、祖先、鬼的信仰；（2）廟祭、年度祭祀和生命週期的儀式；（3）血緣性的家族和地域性廟宇的儀式組織；（4）世界觀和宇宙觀的象徵體系」（王銘銘《社會人類學與中國研究》）。後一種觀點代表了一批涉及中國民間信仰研究的漢學或人類學家的觀點，前一種觀點則實際上在一定程度上包含了後者，反映了傳統中國學研究者對自身研究視野的調整、對以前研究觀點的修正，也體現了以社會人類學爲主的社會科學理論對於中國民間信仰研究的影響。

　　歐美社會人類學界對於中國民間信仰的研究，王銘銘在《社會人類學與中國研究》一書第五章《象徵與儀式的文化理解》中有詳盡的介紹，其中比較有代表性的著作有王斯福（Stephan Feuchtwang）的 The Imperial Metaphor：Popular Religion in China（London：Routledge, 1992）、和武雅士（Arthur Wolf）主編的 Religion and Ritual in Chinese Society （Stanford University Press，1974）等。美國學者杜贊奇（Prasenjit Duara）在研究中國華北農村時則提出了「權力的文化網絡」概念，試圖以此揭示「國家政權深入鄉村社會的多種途徑和方式」，並且認爲民間信仰是其中很重要的一條渠道。另外，英國學者馬丁（Emily Martin），美國學者魏勒（Robert Weller）以及桑格瑞（Steven Sangren）等，近年來也對漢人民間信仰問題作了比較深入的研究。

　　2005 年 6 月在山東大學舉辦的「民間信仰與中國社會」編纂研討會上，多位學者對「民間信仰」這個概念的界定進行了有益的探討。根據山東大學陳建坡的會議綜述，學者們的探討仍然表明對於「民間信仰」的界定是一個見仁見智的問題，「民間信仰」這個概念是學術界在研究一些不屬於傳統的、不具有完備組織形式的宗教信仰時提出的，目的是與正統的宗教信仰進行有效的區別與分辨。但是，現實的情況往往比學術探討更爲複雜，從官方到民眾，對於「民間信仰」這個概念的認知都是混淆不清的。比如民間的很多廟宇，供奉的神祇既有佛教的神祇，也有道教的神祇，還有來中國本土自生的神祇，其管理者也並非正式的佛教徒或者道教徒，但往往這些管理者會聲稱他們是屬於佛教或者道教的廟宇。再從神祇的角度來講，山東大學譚世寶談到：「在澳門，到處是觀音堂，如果孤立地說它屬於哪個教，很難說清楚。觀音在佛教中只是屬於第二等的，在大殿中她就像一個成功男人背後的女人一樣。一旦獨立出去，她的儀式與正統佛教就沒有任何關係，不再屬於佛教系

統，而是一個完全的民間信仰了。」〔註28〕因此民間信仰的混淆和難以辨析，使得我們在界定這個概念時困難重重。其實這種混淆源於人類早期的信仰狀況，在宗教產生之前，所有的信仰都是民間信仰；只是在宗教出現之後，二者之間才出現了分野，而這種分野實際上是人爲進行的區分，並無法斬斷民間信仰與宗教之間存在的千絲萬縷的聯繫。

儘管民間信仰的存在狀況繁雜多變，但我們仍然能夠根據其固有的一些特點對其進行粗略的界定。綜合前文對於信仰以及民間的概念界定，筆者認爲民間信仰應具有如下特點：

民間信仰是指存在於獲得政府認可的、具有正統地位的宗教信仰之外的信仰。

民間信仰的構成很複雜，既有自發〔註29〕和原生的信仰，也有來自於成熟宗教的信仰。具體到中國的現實情況，則前者包括了對山川河嶽、太陽、星、月亮、風、雷、動物、植物、天空、宇宙等的信仰，後者則包括了來自佛、道二教的觀音、彌勒、太上老君等的崇信。

民間信仰是寬泛的、並無嚴格規定的信仰，相對於制度化的宗教信仰來說，民間信仰缺乏固定的儀式、成文的儀軌等，大多數民間信仰以口耳相傳的方式流傳於那些並未參加任何宗教組織和團體的民眾中間。當然，我們注意到，中國的信仰情況總是很複雜的，一些已經參加了宗教組織的民眾，比如一些佛教的信士，也會對民間信仰的對象加以崇拜和祭祀，這一點跟中國宗教的包容性和融合性有關。但無論如何，民間信仰的傳播主體仍然是廣大的非宗教人士。

需要特別指出：一、「民間信仰」與「民間宗教」的聯繫與差別。民間宗教，學界也有人稱之爲「秘密宗教」，像明清時期的羅教、齋教、青幫、洪門、聞香教等等，都屬於民間宗教的範疇，這些民間宗教內部的信仰顯然也是屬

〔註28〕參見陳建坡，「『民間信仰與中國社會』編纂研討會」綜述〔J〕，文史哲，2006（1）：164。

〔註29〕恩格斯在《反杜林論》中最早提出「自發宗教」的概念，指群眾中自發產生的宗教，用來與人爲宗教相區別，辯證唯物主義一般將自發性同自身發展、自身運動和事物內部矛盾的克服和消除相聯繫。通常指原始社會的宗教以及文明社會民眾中自發產生的宗教，其創立者一般難以確定，且開始時缺乏完備的形態，即沒有系統化、規範化的神學體系、禮儀制度和組織形式。國外宗教學界常用「自然宗教」或「民間信仰」等術語，來表達自發宗教的部分含義。

於民間信仰的，但卻不能給二者之間劃上等號。有部分西方學者用「民間宗教」這個詞語來指稱民間信仰，顯然容易造成理解上的混淆。二、「民俗」與「民間信仰」的聯繫與差別。在古代中國，由於地區差異和人口眾多，造成了民間信仰的發達，也形成了各式各樣的民俗，比如春節端午等，各地風俗不一，南北差異較大，其中包涵了很多民間信仰的因素在裏面，但是我們仍然不能夠把民俗等同於民間信仰。按照著名宗教學者米爾恰·伊利亞德（Mircea Eliade）的觀點，從某種意義上說，我們這個世界的時間和空間觀念都是由神聖所構建的，也就是說，神聖構建了整個世界〔註30〕。因而民俗的形成無疑是跟對神聖的信仰密切相關的，我們能夠從民俗中考見民間信仰的存在，但是二者絕非同一的概念。

〔註30〕參見〔羅馬尼亞〕米爾恰·伊利亞德，神聖與世俗〔M〕，王建光譯，北京：華夏出版社，2002。

第二章 《西遊記》的構建：東西方世界與神祇譜系

　　目前學界對於《西遊記》的研究涉及到多個方面，如其淵源、版本、作者、思想內容、藝術性等等。近代學者最早全面研究《西遊記》本事的是胡適，其《〈西遊記〉考證》開啓了近代《西遊記》研究的先河。由於《西遊記》是歷史層積型作品，因此版本甚多。孫楷第《中國通俗小說書目》〔註1〕及《日本東京所見中國小說書目》〔註2〕對《西遊記》的版本考證甚詳，而鄭振鐸《〈西遊記〉的演化》〔註3〕則對其版本的辨正有獨到之見解。對於《西遊記》的作者，學界也頗有爭議。自從胡適考定《西遊記》爲吳承恩所作後，此說多爲研究者所接受。但也不乏質疑之聲，如章培恒《百回本〈西遊記〉是否吳承恩所作》〔註4〕、楊秉祺《章回小說〈西遊記〉疑非吳承恩作》〔註5〕等。而本文著重討論文學與民間信仰的互動狀況，顯然採用通行於世的吳承恩百回本《西遊記》更爲合適，因此文中如無特別說明，均指吳承恩百回本《西遊記》。

〔註1〕孫楷第，中國通俗小說書目〔M〕，北京：人民文學出版社，1982。
〔註2〕孫楷第，日本東京所見中國小說書目〔M〕，上雜出版社，1953。
〔註3〕鄭振鐸，《西遊記》的演化〔A〕，鄭振鐸文集（五）〔M〕，北京：人民文學出版社，1988。
〔註4〕章培恒，百回本《西遊記》是否吳承恩所作〔J〕，社會科學戰線，1983（4）。
〔註5〕楊秉祺，章回小說《西遊記》疑非吳承恩作〔J〕，內蒙古師範大學學報，1985（2）。

第一節　《西遊記》的地理觀念與東西方信仰體系的整合方式

　　眾所周知，中國古人的地理觀念是以自己爲世界中心，認爲自己身處世界的中央，在文明的位置上高於四裔，而其他的外圍國家無論在文明還是在財富方面，都遠遠低於中央，應該受到中央的制約與管轄。宋石介《中國論》就明確地表達了這個觀念：

> 夫天處乎上，地處乎下，居天地之中者曰中國，居天地之偏者曰四夷。四夷外也，中國内也，天地爲之乎内外，所以限也。夫中國者，君臣所自立也，禮樂所自作也，衣冠所自出也，冠婚祭祀所自用也，絲麻喪泣所自製也，果蓏菜茹所自植也，稻麻黍稷所自有也。東方曰夷，被髮紋身，有不火食者矣；南方曰蠻，雕題交趾，有不火食者矣；西方曰戎，被髮衣皮，有不粒食者矣；北方曰狄，有不粒食者矣。〔註6〕

實際上，幾乎每一個文明在其最初期的發展階段都會存在這樣的觀念。米爾恰·伊利亞德《神聖與世俗》：

> 完美的中華帝國的首都是坐落在世界的中央的。因此在夏至那天，日晷儀在那兒不會投下陰影。令人驚奇的是，在耶路撒冷的聖殿中也發現了相同的象徵意義——在其上建立聖殿的岩石也坐落在地球的肚臍之上。一個冰島的朝聖者、曾在十二世紀造訪過耶路撒冷的特維瓦的尼古拉斯（Nicholas of Thverva）曾就耶穌之墓寫道：「這兒是世界的中心，在這兒，夏至那天，來自天國太陽的光輝垂直地灑在上面。」同樣的思想在伊朗人的信念裏也存在著。伊朗人的土地（Airyanam Vaejah）是世界的心臟，居於世界的中心，正如人的心臟位於人體的中心一樣，「伊朗人的土地比任何其他國家的土地都要更爲珍貴，因爲它位於世界的正中心。」〔註7〕

在米爾恰·伊利亞德看來，這種觀念的形成是由於宗教徒對於宇宙生成範式的模擬，由於人們總是認爲自己居住在最靠近宇宙中心的位置、即與神最接近的地方，使得與神的溝通成爲可能，從而獲得無上的權力與地位，這種權

〔註6〕　（宋）石介，中國論，徂徠石先生文集〔M〕，卷十。
〔註7〕　米爾恰·伊利亞德，神聖與世俗，第14頁。

力和地位超然於其他地域之上，因此所有偏離中心的地域都被冠以了蠻、夷、狄、戎這樣帶有歧視性的名稱，由此來表明天朝上國所具備的文明上的超然地位。

　　然而佛教的傳入顯然形成了對這種觀念的衝擊，儘管我們注意到這種衝擊被有意地進行了淡化，但是依然讓一部分人，尤其是掌握信息渠道與知識渠道的知識階層，認識到世界並非只存在一個文明中心。

　　百回本《西遊記》以玄奘西行印度求法的故事爲藍本，因而不可避免地會對東西方兩種文明作出相應的描繪，而這些描繪當中顯然會蘊涵著作者（或者說創作群體）對兩種文明的判斷。《西遊記》對兩種文明關係的處理，有助於我們認識民眾階層對於另一個文明的接受過程，以及兩種帶有衝突性質的文明在中國民間的整合方式。

　　《西遊記》一開篇，就向我們展示了這個世界的構成：

　　　　感盤古開闢，三皇治世，五帝定倫，世界之間，遂分爲四大部洲：曰東勝神洲，曰西牛賀洲，曰南贍部洲，曰北俱蘆洲。這部書單表東勝神洲。海外有一國土，名曰傲來國。國近大海，海中有一座山，喚爲花果山。此山乃十洲之祖脈，三島之來龍，自開清濁而立，鴻蒙判後而成。

四大部洲這個觀念，毫無疑問來自古印度。須彌山（梵Sumeru-parvata）是古代印度神話傳說中的山，古代印度人認爲須彌山是世界的中心，以須彌山爲基點，把圍繞它的四方分爲四大部洲，也稱須彌四洲，是人類居住的地方。東爲弗婆提（Pūrva-videha），南爲閻浮提（Jambu-dvīpa），西爲瞿耶尼（Apara-godā-nīya），北爲欝單越（Uttara-kuru）。又稱東勝身洲、南贍部洲、西牛貨洲、北俱蘆洲。《起世經》卷一《閻浮洲品》：

　　　　諸比丘！須彌山王北面有洲，名欝單越。其地縱廣十千由旬，四方正等，彼洲人面還似地形。諸比丘，須彌山王東面有洲，名弗婆提。其地縱廣九千由旬，圓如滿月，彼洲人面還似地形。諸比丘，須彌山王西面有洲，名瞿陀尼。其地縱廣八千由旬，形如半月，彼洲人面還似地形。諸比丘，須彌山王南面有洲，名閻浮提。其地縱廣七千由旬，北闊南狹，如婆羅門車，其中人面還似地形。諸比丘，須彌山王北面天金所成，照欝單越洲；東面天

銀所成，照弗婆提洲；西面天頗梨所成，照瞿陀尼洲；南面天青
琉璃所成，照閻浮提洲。」〔註8〕

《佛光大辭典》「世界」條：

古代印度依須彌山之說成立宇宙論，即以須彌山爲中心，加上
圍繞其四方之九山八海、四洲（四天下）及日月，合爲一單位，稱
爲一世界。合千個一世界，爲一小千世界；合千個小千世界，爲一
中千世界；合千個中千世界，爲一大千世界（大千界、大千）。一個
大千世界包含小、中、大三種「千世界」，故大千世界又稱爲三千大
千世界（三千世界）。宇宙即由無數個三千大千世界所構成，由此可
見世界之廣大無邊。

從上文所引「感盤古開闢，三皇治世，五帝定倫」來看，《西遊記》作者無疑
對中國本土和來自於古印度的傳說進行了有意的融合，放棄了自古以來的天
下九州說，而採納了來自古印度的四大部洲說法，這種做法很可能是爲了小
說故事展開的需求而設定的，同時也使得古印度四大部洲的傳說整合到中國
本土的觀念架構之中來。

印順在其《佛法概論》中對「四洲」如此解釋：「我們所處的世界，不妨
從小處說起。從來說：須彌山在大海中，爲世界的中心。山的四面有四洲，
即南閻浮提，東毗提訶，西瞿陀尼，北拘羅洲；四洲在鹹水海中。此外有七
重山，七重海，一層層的圍繞；最外有鐵圍山，爲一世界（橫）的邊沿。須
彌山深入大海，海拔非常高。山中間，四方有四嶽，即四大王眾天的住處。
日與月，在山腰中圍繞。須彌山頂，帝釋天與四方各八輔臣共治，所以名爲
忉利——三十三天。這樣的世界，與現代所知的世界不同。單以我們居住的
地球說，一般每解說爲四洲中的南閻浮提。閻浮提即印度人對於印度的自稱，
本爲印度的專名。佛法傳來中國，於是閻浮提擴大到中國來。到近代，這個
世界的範圍擴大了，地球與閻浮提的關係究竟如何？以科學說佛法者說：須
彌山即是北極，四大洲即這個地球上的大陸，閻浮提限於亞洲一帶。眞現實
者說：須彌山系即一太陽系，水、金、地、火四行星即四大洲，木、土、天
王、海王四行星，即四大王眾天，太陽即忉利天。這樣，閻浮提擴大爲地球
的別名了。」〔註9〕但顯然《西遊記》中所涉及到四洲的概念與此並不相同。

〔註8〕起世經，卷一，大正藏 T.01，no24，p311，b6～19。
〔註9〕印順，佛法概論〔M〕，臺北：正聞出版社，1992：123～124。

在《西遊記》當中，佛祖釋迦牟尼所居住的地域是西牛賀洲，而唐僧所處的國土爲南贍部洲，孫悟空則出生於東勝神洲。《西遊記》第八回《我佛造經傳極樂觀音奉旨上長安》中如來對眾弟子說道：

> 我現四大部洲，眾生善惡，各方不一：東勝神洲者，敬天禮地，心爽氣平；北巨蘆洲者，雖好親生，只因糊口，性拙情流，無多作踐；我西牛賀洲者，不貪不殺，養氣潛靈，雖無上眞，人人固壽；但那南贍部洲者，貪淫樂禍，多殺多爭，正所謂口舌凶場，是非惡海。〔註10〕

用這個說法再對比佛教經典記載，二者完全齟齬。也就是說，在這個問題上，《西遊記》的作者並沒有遵循佛教經典的說法，而只是襲用了「四洲」的名字，四洲的具體情況則按照需要而自行編造。如在佛教經典中有如下說法：「四洲各有特殊之三事：（一）南洲，住民勇猛強記而能造業行、能修梵行、有佛出其土，此三事勝於其他三洲及諸天。（二）東洲，其土極廣、極大、極妙。（三）西洲，多牛、多羊、多珠玉。（四）北洲，則無所繫屬、無有我所、壽命千歲。」〔註11〕四洲中以北洲爲最上。《西遊記》的說法卻是以北洲和南洲爲下，尤其是南洲，「貪淫樂禍，多殺多爭，正所謂口舌凶場，是非惡海」。

何以如此呢？其實《西遊記》的地域觀念並非以四洲來構建，而僅僅是襲用佛教的術語罷了，《西遊記》眞正核心的地域分野乃東方與西方這兩個世界。《西遊記》中東方與西方兩個世界是對立的，兩個世界中的神祇陣營也是各自相對獨立的系統，這一點在後文將詳述。這實際上意味著，《西遊記》的創作者既保留了中國本土原生的神祇信仰，同時也接受了來自於印度的佛教神祇。隨之而來的是，必須要解決諸如此類的問題：怎麼來安置這些眾多的神祇？會不會產生交錯？他們各自的地位又如何呈現？西遊記的創作者最終選擇了以東方與西方兩個世界的分野爲標準，對本土的神祇和外來的神祇進行分類，以避免出現混淆不清的狀況——儘管這個問題在一些神祇身上依然沒有得到有效的解決——最終形成了一個相對完整的體系。而這個體系的建構與影響，正是我們要重點討論的問題。

〔註10〕 吳承恩，西遊記〔M〕，北京：人民文學出版社，1990，下文所引《西遊記》皆爲此版本。

〔註11〕 慈怡主編，佛光大辭典〔Z〕，「四洲」條，北京：北京圖書館出版社，2004年11月。

　　《西遊記》究竟是如何對東西方進行劃分？這中間又受到了哪些因素的影響？

　　首先，這種劃分是依據現實世界的地理方位來進行的。佛教的發源地印度位於中國以西，因而中土僧人取經必然是一個自東向西的過程，他們所處的位置當然是東方。因此儘管有「四大部洲」的說法在前，《西遊記》卻必須做出一個決定，那就是如何安排佛祖如來所處的地域。前文已述，按照古代印度佛經的說法，四大部洲應當是以北方爲最上，而北洲顯然與西方的概念相衝突，於是《西遊記》便最終選擇了西牛賀州作爲眞經所在之處，並且拔高了西洲的地位，於是佛教中「四洲」的原始意義遂不得不屈從於創作者書寫的需要。

　　其次，《西遊記》中的「西方」概念還意味著「西方極樂世界」，這顯然是基於西方彌陀淨土信仰對於民眾認識的影響而構建的。我們知道，「西方極樂世界」是指阿彌陀佛（梵 Amita-buddha）之極樂淨土，《佛說阿彌陀經》載：「佛告長老舍利弗：『從是西方過十萬億佛土，有世界名曰極樂。其土有佛，號阿彌陀，今現在說法。舍利弗！彼土何故名爲極樂？其國眾生無有眾苦，但受諸樂，故名極樂。』」〔註12〕而《西遊記》中，如來佛祖所住之處正是西方極樂世界。現實層面，明清時期對於死後往生西方極樂世界的信仰已經幾乎在中國民間普及，將佛教神祇安排在西方極樂世界顯然更能夠得到普通民眾的一致認可。此外，按小說的描繪，「西方」或「西天」雖然指西方極樂世界，但實際上處於印度的靈鷲山上。〔註13〕這樣一來，就把現實的西方世界和佛經當中虛構的西方極樂世界結合到了一起，最終混同了現實世界與信仰世界的差別，使得小說中得以實現現世與神界的聯繫。

　　再次，《西遊記》中東方信仰世界的構成也有濃厚的中土色彩。書中對於東方信仰世界的描繪顯然多於西方世界，將東方世界分爲天、人間、幽冥三界，內中以玉皇大帝爲尊，統領所有的天神與地祇。這種東方信仰世界的構成方式，顯然深受中國道教的影響，尤其是其中的神祇排序，更是在很多地方直接使用了道教的做法（當然，也不能忽略其中的部分改變）。這同樣使得民眾接受起來更爲容易，畢竟這與普通民眾日常接受的觀念與印象是基本一致的。

　　綜上所述，《西遊記》所呈現的世界觀並不同於自古以來以中土爲最上的

〔註12〕鳩摩羅什譯，佛說阿彌陀經，卷一，大正藏 T..12，no366，p346，c10～14。
〔註13〕參考張子開，「西天」斠考〔A〕，第三屆玄奘國際學術研討會論文集〔C〕，
　　　　成都：四川辭書出版社，2008：689～695。

世界觀，它實際上顛覆了中國居於世界的中央這個古老的觀念；造成這個結果的最重要的原因，是由於佛教傳入中國以後帶來的嶄新的世界觀的衝擊，令古人不得不尋找一種能夠更爲合理地解釋這個世界的構成的說法，尤其是對於接受或認可了佛教信仰的人而言。鑒於佛教自身缺乏創世的傳說，於是《西遊記》沿用了盤古創世的神話，再借鑒佛教有關四洲的世界格局，最後整合成爲東方與西方兩個世界，把佛教的神祇與中國本土神祇都納入到這個信仰世界之內，並對神祇的地位等進行了較爲粗略的排序。——當然，這種排序一部分來自於佛教、道教的神祇排序，而另一部分則純粹屬於吳承恩及當時民眾對於神祇世界的認識。

第二節　西方佛國世界的建構

　　如果將漢代佛教傳入中國視作佛教在古代中國的傳播過程中的起點，那麼，《西遊記》中所體現的佛教觀念與神祇認識，在某種程度上可以視作這種傳播的終點。原因在於，佛教的東傳是一個逐漸化的、相互交融的過程，東、西方兩種文明不斷地相互鬥爭、吸納，最終達到一種水乳交融的狀況，甚至到後世我們已經難以將其單獨剝離開來。從表面上，今天我們已經很難從一些神祇身上看到其本來的源頭與面貌，而只能根據歷代遺留下來的蛛絲馬蹟進行推理與判斷。這種融合包括兩個層面，一是大量的佛教神祇被改頭換面成爲了中國「本土的」信仰對象，二是在不斷產生的新的神祇當中，也可以發現佛教神祇的影子。另外，佛教信仰的傳播過程，實際上也是一個逐步民間化的過程，有的神祇最後脫離了正統佛教的體系，成爲純粹的民間信仰對象，比如一些地方的菩薩信仰，特別是觀音信仰，即是如此。概括而言，《西遊記》當中所呈現的佛教信仰觀念，在一定程度上代表了佛教信仰在古代中國傳播的最終形態，並可以被視作一個相對的終點。

　　在此認識的基礎之上，我們再來分析《西遊記》當中西方世界的神靈譜系的建構情況。

一、最高神靈：如來

（1）如來究竟是誰？釋迦牟尼還是阿彌陀佛？

《西遊記》當中西方世界的最高神靈無疑是如來佛祖。

如來，梵語 tatha-gata，巴利語同。音譯作多陀阿伽陀、多他阿伽度、多陀阿伽度、怛薩阿竭、怛他哦多、多阿竭。又作「如去」。爲佛十號之一。即佛之尊稱。蓋梵語 tathāgata 可分解爲 tathā-gata（如去）、tathā-āgata（如來）二種，若作前者解，爲乘眞如之道，而往於佛果涅槃之義，故稱爲如去；若作後者解，則爲由眞理而來（如實而來），而成正覺之義，故稱如來。佛陀即乘眞理而來，由眞如而現身，故尊稱佛陀爲如來。《長阿含》卷十二《清淨經》：「佛於初夜成最正覺，及末後夜，於其中間有所言說，盡皆如實，故名如來。復次，如來所說如事，事如所說，故名如來。」《大智度論》卷五十五：「行六波羅蜜，得成佛道……故名如來；……智知諸法如，從如中來，故名如來。」又因佛陀乃無上之尊者，爲無上之無上，故亦稱無上上。又「如來」之稱呼，亦爲諸佛之通號。〔註14〕由此觀之，「如來」實際上是佛的尊稱之一，而其他的稱號還有佛陀、世尊、應供、正遍知、無上士、天人師等等，而最常見的則是佛（佛陀）、世尊。

《西遊記》的創作者沒有採用最常見的尊號，而採用了不常用的「如來」作爲西方世界最高神靈的稱呼，這一點就顯得很有意思了。更爲獨特的是，隨著《西遊記》的傳播與擴展，民間形成了「如來佛」的稱號，並且出現了諸如「孫悟空跳不出如來佛的手掌心」「如來佛抓孫大聖——易如反掌」等俗語。其實，小說中並無「如來佛」這個稱號，提到佛的時候，要麼直接稱「如來」，要麼說「我佛如來」，或者是「佛祖如來」，而佛教自身也是沒有「如來佛」這種說法，《西遊記》之前的文獻也沒有這個稱號。可知「如來佛」這個稱號實際上是受了《西遊記》的影響而產生的一種民間稱號。雖然如此，這種稱號後來在民間影響之巨大，遠遠超出了我們的想像，即便在今天，運用互聯網進行檢索，百度給出的結果是約 9,960,000 條〔註15〕，Google 給出的結果是約 18,700,000 條〔註16〕，可見其影響之大，已經成爲了民衆生活的常用詞之一。

由前引的解釋可以知道，「如來」是佛的通稱，任何佛都可以如此稱呼。那麼，《西遊記》中的「如來」和民衆口中的「如來佛」究竟是哪一尊佛呢？

我們知道，佛教由釋迦牟尼創立，釋迦牟尼（śākya-muni）也是一個稱號，意爲「釋迦族的賢人」，姓喬答摩（Gautama），名悉達多（梵 Siddhārtha，

〔註14〕佛光大辭典「如來」條。
〔註15〕百度〔DB/OL〕，http://www.baidu.com，2019/04/03。
〔註16〕Google〔DB/OL〕，http://www.google.com，2019/04/03。

巴 Siddhattha），約公元前五百餘年出生於北印度的迦毗羅衛城（在今之尼泊爾南境），爲該城城主淨飯王的太子。由於佛教是由其創立，因而被稱爲佛教教主。由此觀之，《西遊記》當中的如來佛很有可能就是指釋迦牟尼佛，並且，今天互聯網上的大量結果顯示，大部分民眾也認爲如來佛就是釋迦牟尼佛〔註17〕。

但是倘若這樣的話，就出現了問題。《西遊記》中寫到，如來佛是居於西方極樂世界的，並且座下有觀世音菩薩等神祇。由此至少可以發現兩個疑點：

A、按照佛教的說法，釋迦牟尼所住的世界是娑婆世界，而並非西方極樂世界，西方極樂世界是阿彌陀佛所住的世界。

B、在佛教當中，觀世音菩薩是阿彌陀佛的脅侍，而《西遊記》當中的重要人物觀世音菩薩卻是如來的座下弟子。

但是顯然又不能據此作出如來即是阿彌陀佛的判斷，因爲在《西遊記》當中還寫到，阿儺（阿難）和迦葉是如來的弟子。依據佛典記載，阿儺（阿難）和迦葉是釋迦牟尼的弟子〔註18〕。這樣一來，就產生了矛盾。

總之，僅就上引《西遊記》原文而論，無法確定如來究竟是釋迦牟尼，還是阿彌陀佛。

其實，《西遊記》中的其他文字表明，創作者自己也混淆了這兩位佛。在第七回《八卦爐中逃大聖　五行山下定心猿》中，有這麼一段對話：

> 大聖也收了法象，現出原身近前，怒氣昂昂，厲聲高叫道：「你是那方善士？敢來止住刀兵問我？」如來笑道：「我是西方極樂世界釋迦牟尼尊者，阿彌陀佛。今聞你猖狂村野，屢反天宮，不知是何方生長，何年得道，爲何這等暴橫？」

這一來，創作者的觀點就很清楚了。在創作者看來，《西遊記》中的如來既是「釋迦牟尼」，又是「阿彌陀佛」，住在「西方極樂世界」。這也顯示出，民間對於佛教的認識是極其含混的，淨土信仰興起之後，對於佛教信仰的影響尤其巨大，使得人們往往混淆了佛教本身的一些概念，將西方極樂世界視作佛教最終的追求，而對阿彌陀佛的崇信也與釋迦牟尼的信仰混淆在一起，認爲都是佛，都是如來，而有意無意地忽略了其間的差別，並不會特別對這種差

〔註17〕如百度百科〔DB/OL〕即以釋迦牟尼佛爲如來佛，http://baike.baidu.com/view/27075.htm。

〔註18〕阿難、迦葉均爲釋迦牟尼十大弟子之一。

別進行仔細的甄別。

（2）如來的特徵：中國化的帝王形象

　　儘管《西遊記》創作者對如來身份的認知顯得如此含混不清，但小說依然賦予了如來人類的性格特徵，小說展現在我們面前的如來佛更像是一位人間的帝王，而不是大徹大悟的覺者。在西遊故事出現之前，佛陀的形象是由佛經來塑造的，佛經當中的許多故事以及佛陀與其弟子的對話都向我們展現了一個具備極大智慧的覺者形象，具備無上的智慧，是超越一切的神靈。而西遊故事則把佛陀的形象帶往世俗的層面，如來在創作者的筆下具備了凡人的性格、思維方式等等。

　　正如柯林武德（Robin George Collingwood）在其《歷史的觀念》一書中提到：「神是仿照人間的君主進行類推而設想出來的。」〔註19〕小說中的如來也難以擺脫這種模式。

　　當孫悟空大鬧天宮，東方神祇束手無策的時候，玉皇大帝派人請來了西方的如來佛祖。此時對於如來佛祖的描述是極爲有意思的。如來在離開西方世界的時候，有這麼一個情節：

　　　　如來聞說，即對眾菩薩道：「汝等在此穩坐法庭，休得亂了禪位，待我煉魔救駕去來。」（第七回）

如來要去解決孫悟空這個麻煩，臨走對眾菩薩交代的居然是「休得亂了禪位」。可以看出，這是典型的統治者心態，害怕在自己離開之後下屬發生混亂，出現爭權奪位的事情，於是要專門交代一番。並且，去解決問題是爲了「救駕」，這也具備極強的中國本土特色。

當與孫悟空對話一番以後，如來是這樣勸說悟空的：

　　　　佛祖聽言，呵呵冷笑道：「你那廝乃是個猴子成精，焉敢欺心，要奪玉皇上帝尊位？他自幼修持，苦歷過一千七百五十劫。每劫該十二萬九千六百年。你算，他該多少年數，方能享受此無極大道？你那個初世爲人的畜生，如何出此大言！不當人子！不當人子！折了你的壽算！趁早皈依，切莫胡說！但恐遭了毒手，性命頃刻而休，可惜了你的本來面目！」（第七回）

這段話有幾個地方值得注意，一是如來的「冷笑」，在佛教當中，恐怕從未有

〔註19〕　〔英〕柯林武德，歷史的觀念〔M〕，第一編第一節，神權歷史學和神話，
　　　　何兆武、張文傑譯，北京：商務印書館，1997。

人如此形容過佛陀；二是玉皇大帝之所以能夠成爲最尊貴的人是因爲他修行時間久；三是警告悟空不聽勸的話要遭「毒手」，直接用上了恐嚇的手段。

緊接著，如來與孫悟空有了一個賭賽：

> 佛祖道：「我與你打個賭賽；你若有本事，一筋斗打出我這右手掌中，算你贏，再不用動刀兵苦爭戰，就請玉帝到西方居住，把天宮讓你；若不能打出手掌，你還下界爲妖，再修幾劫，卻來爭吵。」（第七回）

賭賽的結果我們是十分清楚的，孫悟空沒有能夠跳出如來的手掌。然而，如來卻並沒有按照之前約定的讓其下界爲妖，而是將其鎮壓在了五行山下。這跟歷代統治者玩弄的政治手腕何其相似。

處理完孫悟空之後，玉帝要設宴感謝如來：

> 如來不敢違悖，即合掌謝道：「老僧承大天尊宣命來此，有何法力？還是天尊與眾神洪福，敢勞致謝？」（第七回）

這是典型的中國式的致謝方式：謙虛，貶低自己的能力，把功勞擴大給眾人。於是一眾人等把酒言歡，盡興而返。

另外，還有一點引起了我們的興趣，那就是《西遊記》當中寫到的如來所傳三藏眞經的一段：

> 諸菩薩聞言，合掌皈依，向佛前問曰：「如來有哪三藏眞經？」如來回：「我有法一藏，談天：論一藏，說地；經一藏，度鬼；三藏共計三十五部，該一萬五千一百四十四卷，乃是修眞之徑，正善之門。我待要送上東土，叵耐那方眾生愚蠢，毀謗眞言，不識我法門之要旨，怠慢了瑜迦之正宗。怎麼得一個有法力的，去東土尋一個善信。教他苦歷千山，遠經萬水，到我處求取眞經，永傳東土，勸他眾生，卻乃是個山人的福緣，海深的善慶，誰肯去走一遭來？（第八回）

佛教的經、律、論三藏在這裡變成了談天、說地、度鬼的經書，而且目的還是「修眞」。我們知道，「修眞」是道教常用的一個術語，指學道修行，佛教的經典在這裡被有意識地進行了重新的闡釋，完全用東方民眾所熟悉的概念來對佛教經典進行一次徹頭徹尾的改頭換面。說得通俗一點，那就是，外衣是佛教，但內裏依然是中國的道教理路。

我們說如來乃一位中國化的帝王，還緣於其他證據。如第九十八回，唐僧一行最終達到天竺國雷音寺的時候：

　　　　那長老手舞足蹈，隨著行者，直至雷音寺山門之外。那廂有四
　　大金剛迎住道：「聖僧來耶？」三藏躬身道：「是弟子玄奘到了。」
　　答畢就欲進門，金剛道：「聖僧少待，容稟過再進。」那金剛著一個
　　轉山門報與二門上四大金剛，說唐僧到了；二門上又傳入三門上，
　　說唐僧到了；三山門內原是打供的神僧，聞得唐僧到時，急至大雄
　　殿下，報與如來至尊釋迦牟尼文佛說：「唐朝聖僧到於寶山取經來
　　了。」佛爺爺大喜，即召聚八菩薩、四金剛、五百阿羅、三千揭諦、
　　十一大曜、十八伽藍，兩行排列，卻傳金旨，召唐僧進。那裡邊，
　　一層一節，欽依佛旨，叫：「聖僧進來。」

唐僧覲見如來的禮儀，是一層一層地遞進，而如來要召見唐僧之前，先要召
集眾弟子兩行排列，然後「傳金旨，召唐僧進」。整個過程，完全就是東方帝
王召見臣下的程序的翻版，整個儀式都是參照宮廷的儀式來進行的，而如來
在此刻顯得更接近一位高高在上的人間的帝王，並非超凡脫俗的覺者。

　　不僅如來是這樣，連其屬下的金剛都全似俗世的惡劣官吏。第七十七回，
孫悟空鬥不過獅陀國諸妖，於是到靈山找如來幫忙：

　　　　好大聖，急翻身駕起筋斗雲，徑投天竺。那裡消一個時辰，早
　　望見靈山不遠。須臾間，按落雲頭，直至鷲峰之下，忽抬頭，見四
　　大金剛擋住道：「那裡走？」行者施禮道：「有事要見如來。」當頭
　　又有崑崙山金霞嶺不壞尊王永住金剛喝道：「這潑猴甚是粗狂！前者
　　大困牛魔，我等爲汝努力，今日面見，全不爲禮！有事且待先奏，
　　奉召方行。這裡比南天門不同，教你進去出來，兩邊亂走！咄！還
　　不靠開！」

這一切的一切，都與我們從佛教中得來的佛陀形象完全不相干，甚至很多地
方背離了佛教的宗旨。我們閱讀這幾段話後的感覺就是——荒唐。然而部分
學者卻認爲《西遊記》的創作者具備較爲深厚的佛學造詣。既然如此，爲什
麼會在行文中出現上述情況呢？竊以爲，這是創作者有意爲之，其調侃之意
躍然紙上。胡適也認爲：

　　　　《西遊記》有一點特長處，就是他的滑稽意味。拉長了面孔，
　　整日說正經話，那是聖人菩薩的行爲，不是人的行爲。《西遊記》所
　　以能成爲世界的一部絕大神話小說，正因爲《西遊記》裏種種神話
　　都帶著一點詼諧的意味，能使人開口一笑，這一笑就把那神話「人

化」過了。我們可以說，《西遊記》的神話是有「人的意味」的神話。
〔註20〕

　　我不能不⋯⋯指出《西遊記》有了幾百年逐漸演化的歷史；指
出這部書起於民間的傳說和神話，並無「微言大義」可說；指出現
在的《西遊記》小說的作者是一位「放浪詩酒，復善諧謔」的大文
豪坐的，我們看他的詩，曉得他確有「斬鬼」的清興，而決無「金
丹」的道心；指出這部《西遊記》至多不過是一部很有趣味的滑稽
小說，神話小說；他並沒有什麼微妙的意思，他至多不過有一點愛
罵人的玩世主義。〔註21〕

值得注意的是，這種現象在一定程度上反映出了中國民間對於佛陀的認識問
題，即將其東方化，使得其性格、思維等具備東方的特點。這是一種推己及
人的思路。就認識水平以及知識結構都相當薄弱的普通民眾而言，難以理解
佛經當中的佛陀，反而是這種「近人的」、「具備人性的」佛陀更能爲古代普
通民眾所理解與接受。普通的信仰者不會去深究某個神祇的特定的功能與存
在意義，而僅僅是想通過對神祇的膜拜來滿足自身的願望。顯然，具備「人
性」的神祇更能獲得民眾的認可。關於這一點，後文還將繼續深入討論。

二、次級神祇系統：以觀音菩薩爲代表

（1）次級神祇

　　既然如來是作爲西方世界的最高神靈，那麼位居其下的一眾神祇都屬於
次級。儘管這一部分神祇的等級劃分並不明顯，但我們依然能夠從作者的行
文當中看出一些端倪來。另外，還需要關注的是幾位菩薩特別是觀音菩薩在
這個體系中存在的意義及其對後世所產生的影響。

　　在西遊故事的體系當中，如來之下究竟有哪些神祇？《西遊記》原文是
這樣交代的：

　　話表我佛如來，辭別了玉帝，回至雷音寶剎，但見那三千諸佛、
五百阿羅、八大金剛、無邊菩薩，一個個都執著幢幡寶蓋，異寶仙
花，擺列在靈山仙境、婆羅雙林之下接迎。（第八回）

　　佛祖居一月靈山大雷音寶剎之間，一日，喚聚諸佛、阿羅、揭

〔註20〕胡適，《西遊記》考證〔A〕，胡適，中國章回小說考證〔M〕，合肥：安徽
　　　　教育出版社，2006：248。
〔註21〕同上，p251。

諦、菩薩、金剛、比丘僧、尼等眾，曰：「自伏乖猿，安天之後，我
處不知年月，料凡間有半千年矣，今值孟秋望日。我有一寶盆，具
設百樣花、千般異果等物，與法等享此『盂蘭盆會』，如何？」概眾
一個個合掌，禮佛三匝，領會。（第八回）

　　早見那四大菩薩、八大金剛、五百阿羅、三千揭諦、比丘尼、
比丘僧、優婆塞、優婆夷、諸大聖眾，都到七寶蓮臺之下，各聽如
來說法。（第五十八回）

　　佛爺爺大喜，即召聚八菩薩、四金剛、五百阿羅、三千揭諦、十
一大曜、十八伽藍，兩行排列，卻傳金旨，召唐僧進。（第九十八回）

從上引文字可以看出，如來座下有許多神祇，分別是三千諸佛、五百阿羅、
八大金剛、無邊菩薩（後文又作四大菩薩、八菩薩）、三千揭諦、十一大曜、
十八伽藍以及比丘僧尼、優婆塞、優婆夷等。

　　顯然，這些神祇的地位有高下之分，但西遊故事創作者在描述的過程當
中往往有顛倒之處。結合全書來看，上引文字的後兩段的排列順序應當能夠
表明作者心目中這些神祇的高下。如果將這些神祇按照由高到低的次序排列
下來，其順序大致應當是：三千諸佛、菩薩、五百阿羅、八大金剛、三千揭
諦、十一大曜、十八伽藍、比丘僧、比丘尼、優婆塞、優婆夷。

　　三千諸佛的說法，源於佛教三世（劫）三千佛之稱，指過去、現在、未
來三劫相次出世之三千佛，即莊嚴劫（過去世）一千佛、賢劫（現在世）一
千佛與星宿劫（未來世）一千佛。三千佛之名稱備載於《三劫三千佛名經》。
佛教傳入中國之後，即形成了對三千佛之信仰崇拜，《佛祖統紀》卷三十九〈隋
開皇三年〉條載：「海陵沙門惠盈，六時禮三千佛，救民饑苦之厄。」〔註22〕
到了明代，著名禪師蕅益智旭所述《梵網經懺悔行法》是這樣描述佛教懺悔
之儀：「次即頂禮三世三千諸佛，一佛一禮。或每時百拜，或八十五十，或四
十三十拜亦可。隨力多少，但令相續無間。禮一部，未獲好相，再禮一部，
乃至十部百部，直以得見好相為期。又行人色力若康，能於七日中禮三千佛
一周，如是每七一部，相續無間，彌善。設不能者，二七日方得一周，亦可。
如是次第，隨意多少。禮竟，次復總禮一拜云。」〔註23〕

〔註22〕　（宋）釋志磐，佛祖統紀〔M〕，卷三十九，大正藏 T.49，no2035，p359，c8～9。
〔註23〕　（明）蕅益智旭，梵網經懺悔行法，卷一，卍續藏 X60，no1137，p814，b19
　　　　　～c1。

　　一旦瞭解了三千諸佛的來源，我們就會發現《西遊記》中存在的悖謬之處了：既然三千諸佛分別處於過去、現在、未來三個不同階段，那麼顯然不可能一起出現在如來座下。好在這只是創作者爲了表現其場面之恢弘、人數之眾多而採用的文學描寫手法，所以也不必深究。《西遊記》中類似此種與佛教本來面貌不符之處甚多，其原因亦大抵源於西遊故事創作者對佛教的錯誤認知，或是出自藝術表現的需要。

　　菩薩乃菩提薩埵之略稱。菩提薩埵，梵語 bodhi-sattva，巴利語 bodhi-satta。又作音譯爲菩提索多、冒地薩怛縛，或扶薩。意譯作道眾生、覺有情、大覺有情、道心眾生。意即求道求大覺之人、求道之大心人。菩提，覺、智、道之意；薩埵，眾生、有情之意。與聲聞、緣覺合稱三乘。又爲十界之一。即指以智上求無上菩提，以悲下化眾生，修諸波羅蜜行，於未來成就佛果之修行者。〔註 24〕此外，由於菩薩是佛位的繼承者，因此亦被尊稱爲「法王子」（Kumārabhūta）。在我國，緣於大乘佛教的廣泛傳播，菩薩信仰也獲得了極大的發展，在某些特定的時空，菩薩的重要性甚至超越了佛的存在。在今天的民間，普通民眾到寺廟去禮佛的時候講得最多的不是「拜佛」，而是「拜菩薩」，在形容人好心的時候也是說的「菩薩心腸」。在佛教當中，菩薩有上求菩提（自利）、下化眾生（利他）二種任務。僅從這一點來看，我們就會發現，所謂「下化眾生」的任務落於菩薩之肩上顯然是菩薩信仰廣爲傳播的原因之一。眾所周知，中國的民間信仰實際上一直具備功利性、實用性的特點，民眾求神問道的目的很大程度上並非是追求獲得精神方面的解脫與超越，而往往出於現世的功利目的，如求官、求財、求子、求平安等等。而眞正實施護祐民眾、滿足民眾需求的具體行爲的人恰恰是菩薩，佛陀作爲佛教的最高神靈，其超然的地位也決定了他不會去實施這些具體細微的事務。因此菩薩的崇信在中國變得格外地盛行，完全是合情合理的。

　　《西遊記》裏面所提到的四大菩薩、八大菩薩都有所依據。四大菩薩一般是指大悲觀音、大願地藏、大智文殊、大行普賢這四位菩薩。而八大菩薩則是指護持正法、擁護眾生之八尊菩薩。又稱八菩薩。其名稱有種種異說。例如：（a）《般舟三昧經》揭出：颰陀和、羅憐那竭、憍日兜、那羅達、須深、摩訶須薩和、因坻達、和輪調。（b）《藥師經》所說：文殊師利、觀世音、得大勢、無盡意、寶壇華、藥王、藥上、彌勒。（c）《理趣經》揭出：金剛手、

〔註24〕參見《佛光大辭典》〈菩薩〉條。

觀自在、虛空藏、金剛拳、文殊師利、才發心轉法輪、虛空庫、摧一切魔。(d)
《八大菩薩曼荼羅經》說：觀世音、彌勒、虛空藏、普賢菩薩、金剛手、妙
吉祥、除蓋障、地藏，基於此經而修之法，稱爲八大菩薩法。〔註25〕

　　當然，《西遊記》當中究竟何指，難以深究，也無此必要。但至少就小說
之書寫而言，包含了觀音、文殊、普賢與地藏這四位菩薩。觀音俟後詳述。
關於文殊與普賢這兩位菩薩，在《西遊記》中唐僧師徒出發取經之初，就已
經出現。小說第二十三回就寫到文殊菩薩、普賢菩薩與梨山老母、觀音菩薩
一同化爲一家四口女子，戲弄唐僧師徒的事。後來，在小說第三十九回又寫
到文殊助悟空收伏了其坐騎青毛獅子，在第七十七回文殊菩薩又和普賢菩薩
一同收伏了各自偷跑下界爲惡的坐騎青獅和白象。此外，地藏王菩薩也在小
說中出現多次。

　　五百阿羅則是指五百阿羅漢。阿羅漢，梵語 arhat，巴利語 arahant，
爲聲聞四果之一，如來十號之一。又作阿盧漢、阿羅訶、阿囉呵、阿黎呵、
遏囉曷帝。略稱羅漢、囉呵。意譯應、應供、應眞、殺賊、不生、無生、無
學、眞人。指斷盡一切煩惱而得盡智，值得受世人供養的聖者。後世多用來
指稱聲聞弟子證得第四果位者。此果位通於大、小二乘，然一般皆作狹義之
解釋，專指小乘佛教中所得之最高果位而言。〔註 26〕關於阿羅漢的地位，這
個問題較爲複雜，涉及到佛教中大小乘的爭鬥：在原始佛教體系中，阿羅漢
的地位極高的，爲原始佛教和部派佛教中僅次於佛之果位；但是後來由於大
乘佛教的興盛，其更強調菩薩的作用，而人爲地貶低阿羅漢的地位，使得阿
羅漢的地位在大乘佛教中低於菩薩。這一點在《西遊記》當中也可以看出來，
全書發揮重要作用的佛教神祇除了如來以外就是菩薩了，其他的佛教神祇只
不過起到了壯大聲勢的作用，其法力等等也遠不如菩薩。五百阿羅漢即是指
證得無學果的五百聲聞。五百之數，是根據五百賢聖的故事而來。故事之一
曰，佛滅度後，大迦葉與五百阿羅漢在王舍城結集遺法。或曰，相傳阿育王
時，集五百羅漢僧與五百凡夫僧，令合誦佛陀遺法；凡夫僧摩訶提婆（大天）
驅五百羅漢僧沈於恒河，其時五百羅漢以神通飛昇虛空，移往北方迦濕彌羅
國。參加迦膩色迦王第四次結集或造《大毗婆沙論》的，據說就是此五百羅
漢。

〔註25〕　《佛光大辭典》〈八大菩薩〉條。
〔註26〕　《佛光大辭典》〈阿羅漢〉條。

　　我國對五百羅漢的尊崇，似乎在五代時已頗爲興盛，如顯德元年（公元954年）道潛禪師得吳越錢忠懿王的允許，將雪峰塔下的十六大士像遷於淨慈寺，創建五百羅漢堂。而各地名山也有羅漢洞或竹林聖僧寺的傳說，如河南嵩山有五百羅漢洞。現存的五百羅漢堂有北京碧雲寺、成都寶光寺、甘肅蓮華寺石窟、蘇州西園寺（戒幢建寺）、昆明筇竹寺、西山華亭寺、武漢歸元寺等處。其中，蓮華寺石窟的五百羅漢爲石刻像，雕造於宋紹聖二年（公元1095年）。〔註27〕由此可見關於我國五百阿羅漢的崇信是由來已久的，民間至今猶有數羅漢的傳統存在。

　　此外，小說第五十二回寫到：「如來即令十八尊羅漢開寶庫取十八粒『金丹砂』與悟空助力。」這裡十八尊羅漢亦是有來歷的。十八羅漢是指十八位永住世間護持正法的阿羅漢，是自十六羅漢演變而來。據《大阿羅漢難提蜜多羅所說法住記》卷一載：

　　　　第一尊者名賓度羅跋囉惰闍，第二尊者名迦諾迦伐蹉，第三尊者名迦諾迦跋釐墮闍，第四尊者名蘇頻陀，第五尊者名諾距羅，第六尊者名跋陀羅，第七尊者名迦理迦，第八尊者名伐闍羅弗多羅，第九尊者名戌博迦，第十尊者名半託迦，第十一尊者名囉怙羅，第十二尊者名那伽犀那，第十三尊者名因揭陀，第十四尊者名伐那婆斯，第十五尊者名阿氏多，第十六尊者名注荼半托迦。〔註28〕

至於後二位羅漢，則眾說紛紜，並不一致。有以慶友爲第十七尊，賓頭盧爲第十八尊者，也有以大迦葉與軍屠缽歎二位尊者爲第十七、十八尊者〔註29〕。周叔迦先生認爲：「由十六羅漢演變成爲十八羅漢，主要是從繪畫方面造成的。」「十八羅漢傳說的興起，並沒有什麼經典的根據，只是由於畫家們在十六羅漢之外加繪了兩人而成爲習慣，於是引起後人的種種推測和考定。最初的傳說十八羅漢中第十七既是《法住記》作者慶友尊者，第十八便應是《法住記》譯者玄奘法師。但是後人以未能推定爲玄奘而推定爲賓頭盧，以至重複，結果造成眾說不一，難以考定。由此，十八羅漢的傳說因而普遍，自元朝以後各寺院的大殿中多雕塑十八羅漢像，十六羅漢的傳說則不甚通行了。」〔註30〕

〔註27〕中華佛教百科全書，〈五百羅漢〉條，臺南：中華佛教文獻基金會，1994。
〔註28〕大阿羅漢難提蜜多羅所說法住記，卷一，大正藏 T.49，no2030，p13，a8～17。
〔註29〕中華佛教百科全書「十八羅漢」條。
〔註30〕周叔迦，法苑談叢〔M〕，中國佛教協會，1985：132，134。

儘管阿羅漢的作用在《西遊記》當中並不明顯，但是對該書所構建的佛教神祇系統而言，則不可或缺。

《西遊記》中還數次提到「八大金剛」。據丁福保《佛學大詞典》，八大金剛乃八大金剛明王之略稱，也叫八大明王。據《大妙金剛大甘露軍拏利焰鬘熾盛佛頂經》，八大明王是由八大菩薩現化而成的，其經曰：

> 爾時十方世界諸大菩薩，所謂金剛手菩薩、妙吉祥菩薩、虛空藏菩薩、慈氏尊菩薩、觀自在菩薩、地藏菩薩、除蓋障菩薩、普賢菩薩，一時咸集至虛空法界、寶峯樓閣、世尊輪王前……爾時八大菩薩各各現光明輪，各現作八大金剛明王，以如來輪故。爾時金剛手菩薩，現作降三世金剛明王，放青色光明，口現二牙。阿吒吒笑聲，以右手擲五股金剛杵。……爾時妙吉祥菩薩，現作六臂六頭六足金剛明王，放青黑色光明，齒咬下唇，豎兩目及眉，手持利劍。……爾時虛空藏菩薩，現大笑金剛明王，放灰黑色光明，口現大笑形，二牙上出，以左手柱一青棒，右手把羂索。……爾時慈氏尊菩薩，現作大輪金剛明王，遍身黃色，放大火，右手持八輻金剛輪，左手柱一獨股金剛杵。……爾時觀自在菩薩，於頂上現作馬頭金剛明王，碧色，放赤色光明，以右手高於頂上，橫把一蓮華作打勢，左手把軍持印。……爾時地藏菩薩，現作無能勝金剛明王，遍身黃色，放火光焰，以右手擲一金剛杵，左手作擬印向口。……爾時除一切蓋障菩薩，現作不動尊金剛明王，遍身青色，放火光焰，以右手執劍，左手把索，左垂一髻。……爾時普賢菩薩，現作步擲金剛明王，以右手把一旋蓋，左手把金剛杵，遍身作虛空色，放火光焰。〔註31〕

儘管佛教有其自身的解釋，但西遊故事創作者卻僅僅是借用這「八大金剛」的名號，並不可以一一對號入座。

小說中在提到金剛時，除了出現數次的「八大金剛」外，還有「四大金剛」一說。小說第六十一回曰：

> 那牛王拚命捐軀，鬥經五十餘合，抵敵不住，敗了陣，往北就走。早有五臺山秘魔岩神通廣大潑法金剛阻住道：「牛魔，你往那裡去！我等乃釋迦牟尼佛祖差來，布列天羅地網，至此擒汝也！」正

〔註31〕 大妙金剛大甘露軍拏利焰鬘熾盛佛頂經，大正藏 T.19，no965，p340，c1～ p，341，a16。

說間，隨後有大聖、八戒、眾神趕來。那魔王慌轉身向南走，又撞著峨眉山清涼洞法力無量勝至金剛擋住喝道：「吾奉佛旨在此，正要拿住你也！」牛王心慌腳軟，急抽身往東便走，卻逢著須彌山摩耳崖毗盧沙門大力金剛迎住道：「你老牛何往！我蒙如來密令，教來捕獲你也！」牛王又悚然而退，向西就走，又遇著崑崙山金霞嶺不壞尊王永住金剛敵住喝道：「這廝又將安走！我領西天大雷音寺佛老親言，在此把截，誰放你也！」

從這四位金剛的名號的本身，即五臺山秘魔岩神通廣大潑法金剛、峨眉山清涼洞法力無量勝至金剛、須彌山摩耳崖毗盧沙門大力金剛、崑崙山金霞嶺不壞尊王永住金剛，就可以知道，它們都是從國內來的。其住所早已隨著佛教的中國化而變成了中國人熟知的地點，這也為佛教的進一步深入中國民眾之心理開設了方便之門。

顯然，西遊創作者僅僅是借用佛教的一些名號而已。不論是八金剛，還是四金剛，在佛教內部，都屬於特定的稱謂，自有其專門的解釋，而西遊創作者多次混亂使用這些名號，顯示出民間信仰所具備的神祇混同性的特點：對於一些神祇，他們並不會加以嚴格的區分與辨別，民眾所需要的僅僅是一個大致的概念而已。

至於小說中的「三千揭諦」，應當是中國古人依據佛經自創的神祇。「揭諦」一語，亦作「揭帝」，是梵文的直接音譯，屬於佛經裏面的咒語，玄奘譯《般若波羅蜜多心經》的最後一段即是：「揭帝！揭帝！般羅揭帝！般羅僧揭帝！菩提僧莎訶！」〔註 32〕如果非要對其進行解釋的話，那「揭諦」大致是「往」或者「去」的意思。這裡作者將其作為神名，則純粹是中國式的信仰。按，中國佛教徒的這種發明創造，早在唐代時已經出現。《繪事備考》載：「陳閎，會稽人，為永王府長史，善傳寫，兼工人物、鞍馬，筆法謹嚴，動合程度，一時名手多從其學，畫之傳世者：寫唐帝真容一，揭諦神像一。」〔註 33〕既然唐人已經有揭諦神之畫作，那麼該神的創製時間至少不晚於唐代。又宋代龔明之《中吳紀聞》曰：

> 常建詩云：「竹徑通幽處，禪房花木深。山光悅鳥性，潭影空人心。」此題常熟破山也。舊傳有四高僧講經山中，一老翁日來聽

〔註 32〕　（唐）玄奘譯，般若波羅蜜多心經，卷一，大正藏 T.08, no. 251, p. 848，c22～23。

〔註 33〕　（清）王毓賢，繪事備考〔M〕，文淵閣四庫全書本，卷三。

法，久之，問翁所從來，答曰：「吾非人也，龍也。」因問：「本相
可得見乎？」曰：「可。」已而果以全體見，僧恐甚，亟誦揭諦呪語。
揭諦神與龍角力，龍不能勝，破其山而去，《續圖經》所載不同，謂
白龍與一龍鬥，未知孰是。〔註34〕

可見我國對於揭諦神之信仰早在唐宋時期已經存在了。在《西遊記》當中，
除了西方世界有揭諦神之外，玉皇大帝的屬下也有揭諦神，小說第五回就寫
到：「四大天王，五方揭諦：四大天王權總制，五方揭諦調多兵。」此外，同
期小說《封神演義》當中也出現了揭諦神：「元始把麈一拍，命四揭諦神撮起
麈來，四腳生有四枝金蓮花，花瓣上生光，光上又生花，一時有萬朵金蓮，
照在空中。」〔註35〕只不過這五方揭諦是東方世界玉帝的屬下了。不管是三
千揭諦，還是五方揭諦，再到《封神演義》中的四揭諦神，都說明了「揭諦」
在中國民間的神化以及其信仰在民間的深入。

「十一大曜」之說，則來自於古代星命之說。在中國傳統文化中，日、
月、星都叫曜，日、月和火、水、木、金、土五星合稱七曜，若加上二蝕星
（羅侯、計都）則稱爲九曜。道教星命家將日、月和金、木、水、火、土五
星加上羅睺、計都、紫氣、月孛、合稱十一曜。《古今律曆考》卷六十四曰：
「七政之外又有四隱曜：紫氣、月孛、羅睺、計都。星家以之占命，謂之『四
餘』，共七政爲十一曜是也。相傳出於西域天竺，梵蓋西域康居城《都賴聿斯
經》，即波羅門術也。羅睺、計都，皆梵語，自李淳風有推月孛法，至唐貞元
初，李弼乾乃婆羅門俊士，始推十一星行曆。」〔註36〕可見十一曜之說是起
於唐代的。道教將其神化，《太上青玄慈悲太乙救苦天尊寶懺》中即有「玄都
十一大曜星君」之名稱，《正統道藏》洞眞部中亦有《上清十一大曜燈儀》一
卷、《元始天尊說十一曜大消災神呪經》一卷。

「十八伽藍」，也可以在佛教中找到其源頭。「十八伽藍」是「十八伽藍
神」的略寫。伽藍是寺院堂舍之通稱，而伽藍神則是守護伽藍之神。又稱守
伽藍神、護伽藍神、護僧伽藍神或寺神。依《七佛八菩薩大陀羅尼神呪經》
卷四所述：「護僧伽藍神斯有十八人，各各有別名。一名美音，二名梵音，
三名天鼓，四名巧妙，五名歎美，六名廣妙，七名雷音，八名師子音，九

〔註34〕 （宋）龔明之，中吳紀聞〔M〕，卷三。
〔註35〕 （明）許仲琳，封神演義〔M〕，北京：人民文學出版社，1973，第七十七回
　　　　《老子一氣化三清》。
〔註36〕 邢雲路，古今律曆考〔M〕，文淵閣四庫全書本，卷六十四。

名妙美，十名梵響，十一名人音，十二名佛奴，十三名歡德，十四名廣目，十五名妙眼，十六名徹聽，十七名徹視，十八名遍觀。」〔註37〕這便是十八伽藍所由來。宋道誠《釋氏要覽》卷下云：「中國僧寺立鬼廟，次立伽藍神廟。」〔註38〕可見唐宋之時我國已有奉祀伽藍神的風俗。該書夾註又云：「凡寺壁有畫大神者，即是此神也。」〔註39〕近世以來，中國佛教界常以關帝（關羽）爲伽藍神，這亦是民間信仰爲佛教所吸納之明證。〔註40〕

其餘如比丘僧、尼、優婆塞、優婆夷等四眾弟子，則爲我們所熟知，此不贅述。

除了上述神祇以外，《西遊記》中還有一些神祇屬於其所構建的佛教神靈譜系。比如孫悟空的授業之師須菩提祖師、如來的弟子阿儺和迦葉、燃燈古佛、彌勒佛等，他們都來自於佛教。

先說孫悟空的授業之師。小說寫到，孫悟空外出訪道求長生之術，先到南贍部洲學會了人言，然後再到了西牛賀州，聽見樵夫所唱的神仙之歌，於是便問詢神仙現在何處：

> 猴王道：「據你說起來，乃是一個行孝的君子，向後必有好處。但望你指與我那神仙住處，卻好拜訪去也。」樵夫道：「不遠，不遠。此山叫做靈臺方寸山。山中有座斜月三星洞。那洞中有一個神仙，稱名<u>須菩提</u>祖師。那祖師出去的徒弟，也不計其數，見今還有三四十人從他修行。你順那條小路兒，向南行七八里遠近，即是他家了。」
> （第一回）

須菩提，梵名 Subhūti，巴利名同。又音譯爲蘇補底、須扶提、須浮帝、藪浮帝修、浮帝、須楓。意譯爲善業、善吉、善現、善實、善見、空生。乃佛陀十大弟子之一。原爲古代印度舍衛國婆羅門之子，智慧過人，然性惡劣，嗔恨熾盛，爲親友厭患，遂捨家入山林。山神導之詣佛所，佛陀爲說嗔恚之過患，師自悔責懺罪。後得須陀洹果，復證阿羅漢果。係佛陀弟子中最善解空理者，被譽爲「解空第一」。於佛陀之說法會中，常任佛陀之當機眾，屢見於般若經典中。

〔註37〕七佛八菩薩所說大陀羅尼神咒經，卷四，大正藏 T.21, no. 1332, p. 557，c5～11。

〔註38〕（宋）釋道誠，釋氏要覽，卷三，大正藏 T.54, no. 2127, p. 303，b15～16。

〔註39〕同上，卷一，大正藏 T.54, no. 2127, p. 263，c28。

〔註40〕參見周倩，關公信仰淺論〔J〕，民俗研究，1994（03）；周志清，關公與關公文化〔J〕，文史月刊，2004（01）；孟海生，關公文化淵藪及其發展概探〔J〕，運城學院學報，1998（02）等文章。

　　《西遊記》當中的須菩提，卻是活脫脫一個道士形象，其所教授與悟空的法術，也大抵是道術之類。可以說除了其名號本身尚有佛教元素，其本尊實則完全是屬於道教系統，在其身上呈現出了佛道融合的傾向。筆者以爲，這並非是西遊創作者一時心血來潮之舉，其背後實際反映的是千百年來中國民眾對於佛教的認識與態度。佛教初傳之際，是被普遍視作道術之流的〔註41〕，《弘明集》所收《牟子理惑論》即把佛教同中國本土的道教相比擬：「道有九十六種，至於尊大，莫尚佛道也」；佛「猶名三皇神，五帝聖」，「佛乃道德之元祖，神明之宗緒」，可以「恍惚變化，分身散體」，「欲行則飛，坐則揚光」。〔註42〕實際上這種情況一直延續了下來，直到現在在普通民眾當中，依然可以發現類似的看法與觀點。因爲普通民眾不會刻意與分辨佛教與道教的差別，尤其是在近世中國「三教同源」觀點的影響之下，那些差別更是被有意地忽略了，因此混同佛道的情況才會如此普遍。所以《西遊記》之所以這樣書寫，是自有其現實基礎的。

　　如來的弟子阿儺和迦葉儘管在小說中作用並不明顯，但仍然是不可忽略的神衹。阿儺，梵名 Ananda，巴利名同。爲佛陀十大弟子之一。音譯全稱阿儺陀。意譯爲歡喜、慶喜、無染。係佛陀之堂弟，出家後二十餘年間爲佛陀之常隨弟子，善記憶，對於佛陀之說法多能朗朗記誦，故譽爲多聞第一。於佛陀生前未能開悟，佛陀入滅時悲而慟哭；後受摩訶迦葉教誡，發憤用功而開悟。於第一次結集時，被選爲誦出經文者，對於經法之傳持，功績極大。初時，佛陀之姨母摩訶波闍波提欲入教團，阿儺即從中斡旋，終蒙佛陀許可，故而對比丘尼教團之成立，亦功勞至鉅。迦葉，梵名 Mahā-kāśyapa，巴利名 Mahā-kassapa 音譯之略稱。全譯大迦葉、摩訶迦葉。又作迦葉波、迦攝波，意爲飲光，爲佛陀十大弟子之一。生於王舍城近郊之婆羅門家。於佛成道後第三年爲佛弟子，八日後即證入阿羅漢境地，爲佛陀弟子中最無執著之念者。人格清廉，深受佛陀信賴；於佛弟子中曾受佛陀分予半座。佛陀入滅後，成爲教團之統率者，於王舍城召集第一次經典結集。直至阿儺（梵Ananda）爲法之繼承者，始入雞足山入定，以待彌勒出世，方行涅槃。禪宗以其爲佛弟子中修無執著行之第一人，特尊爲頭陀第一；又以「拈花微笑」之故事，至今傳誦不絕。

〔註41〕　參見許理和，佛教征服中國〔M〕，南京：江蘇人民出版社，1998；葛兆光，
　　　　　中國思想史（第一卷）〔M〕，上海：復旦大學出版社，2002。
〔註42〕　牟子理惑論，僧祐，弘明集〔M〕，卷一，上海：上海古籍出版社，1991：2。

燃燈古佛在小說中出場兩次，第一次是孫悟空偷吃太上老君丹藥時正與老君講道：「原來那老君與燃燈古佛在三層高閣朱陵丹臺上講道，眾仙童、仙將、仙官、仙吏，都侍立左右聽講。」（第五回）第二次是派人提醒唐僧師徒所取乃無字經書：「卻說那寶閣上有一尊燃燈古佛，他在閣上，暗暗的聽著那傳經之事，心中甚明，原是阿儺、伽葉將無字之經傳去……吩咐道：『你可作起神威，飛星趕上唐僧，把那無字之經奪了，教他再來求取有字真經。』」（第九十八回）

我國對於燃燈佛的信仰亦頗為興盛，現今全國多處地方仍有燃燈佛寺存在即其明證。燃燈佛，梵語 Dīpaṃkara，乃在過去世為釋迦菩薩授記的佛陀。音譯提和竭羅、提洹竭。又作定光如來、錠光如來、普光如來、燈光如來。依《修行本起經》卷上所述，往昔，提和衛國（梵 Dīpavatī）有聖王，名燈盛。臨命終時，將國政囑付太子燈（錠）光。太子知世間無常，更將國政授與其弟，實時出家。成佛後，遊行世界，開化群生。是時有梵志儒童，值燈光佛遊化，乃散花供佛，並解髻布髮於泥道上，請佛蹈之，佛乃為儒童授來世成佛之記。此儒童即釋迦牟尼佛。〔註43〕燃燈佛授記故事是大乘佛教系統的重要傳承故事，在犍陀羅藝術中多有體現。

彌勒佛則更為我國民眾所常見。中國一般寺廟供奉之笑口常開胖彌勒像為五代時之契此和尚，因傳說為彌勒化身，故後人塑像供奉之。此形象可謂深入人心，以至於後世乃至今天，一提到彌勒，人們首先想到的就是這個形象。在佛教神祇體系中，彌勒，梵名 Maitreya，巴利名 Metteyya。又音譯梅呾麗耶菩薩、末怛唎耶菩薩、迷底屨菩薩、彌帝禮菩薩。意譯作慈氏。依《彌勒上生經》《彌勒下生經》所載，彌勒出生於婆羅門家庭，後為佛弟子，先佛入滅，以菩薩身為天人說法，住於兜率天。據傳此菩薩欲成就諸眾生，由初發心即不食肉，以此因緣而名為慈氏。釋尊曾預言授記，當其壽四千歲（約人間五十七億六千萬年）盡時，將下生此世，於龍華樹下成佛。由於他即將繼釋迦牟尼佛之後，在閻浮提世界成佛，所以習俗相沿，也稱他為彌勒佛。

《西遊記》第六十六回有一首詩描寫彌勒佛：

> 大耳橫頤方面向，肩查腹滿身軀胖。
>
> 一腔春意喜盈盈，兩眼秋波光蕩蕩。

〔註43〕參見《修行本起經》卷上，大正藏 T.03, no. 184。

敞袖飄然福氣多，芒鞋灑落精神壯。

極樂場中第一尊，南無彌勒笑和尚。

這首詩正是描繪的笑口大肚彌勒的形象。「喜盈盈」「福氣多」顯然表明了民眾對於彌勒佛形象的認知立場，由於這種形象的廣為流傳，以至於現在大多數民眾已經很難分辨出彌勒的本來面目了。

《西遊記》中西方世界之神祇構成，大抵如上所言。可以看出，儘管當中混雜了不少中國本土的觀念，作者大致還是按照佛教的神祇排序來進行組合的。在這個譜系當中，以如來為最高神靈，接下來重要的神祇有菩薩、阿羅漢等。在次級神祇的系統當中，雖然等級方面作者沒有進行十分明確的界定，但我們大致可以從行文中看出其高下之分。

（2）代表神祇：女性形象的觀音菩薩

上文提到在《西遊記》所架構出的西方神靈系統中，菩薩的地位和作用顯得尤為重要，其中的代表人物則無疑是觀音菩薩。

在整個西行取經故事的架構當中，在襄助唐僧師徒克服眾難、戰勝妖魔的具體情節之中，觀音菩薩的重要性是不言而喻的。當如來提出要傳法於南贍部洲時，是觀音自薦去此處尋找求法之人；唐僧的幾個弟子，也是由觀音選出；當唐僧師徒在取經途中遇到危險之時，也多是由觀音菩薩施展援手。由整部小說可以看出，觀音菩薩實是佛法東傳之莫大功臣。

《西遊記》當中所展現出的觀音形象，一方面是前代觀音信仰的積累，另一方面則又對後代觀音信仰的發展有著莫大的影響。後一方面更值得我們注意。

雖然觀音菩薩的地位與作用在《西遊記》當中僅次於幾位主要人物，歷來學者對觀音信仰的關注也頗多。觀音崇拜問題很早就成為東西方學者共同關注的課題，而尤以日本學者的研究起步較早。如松本榮一、松本文三郎、本田義英、佐藤泰舜、小林太一郎、後藤大用等學者對觀音信仰的綜合研究，以及佐伯富對近世中國觀音信仰的研究等等，都具有開創性。臺灣張靜二《西遊記人物研究》（1984）一書專闢一章對觀音進行相應的研究〔註44〕，主要探討觀音在佛典、寶卷以及戲劇、小說中的形象問題，對其中的同異之處進行了一些比較，並未深入探討觀音信仰在中國民間的流傳原因、過程以及最終

〔註44〕 張靜二，西遊記人物研究〔M〕，臺北：臺灣學生書局，1984，第六章《觀音》，
p.229～269。

定型的問題。西方學界對觀音研究極具代表性的是于君方《觀音：菩薩中國化的演變》〔註45〕一書，該書的主旨是探討觀音崇拜的中國化過程及其特點、成因等，尤其對中華帝國晚期觀音性別的轉變與中國女性群體觀音崇拜的微妙關係給予了特別關注。作者從佛經、感應故事、繪畫造像、歷史方志等多個領域互相參照，梳理觀音身份和信仰的變化軌跡，做出了相當全面的解答，並把觀音女性化的原因追溯到其根本屬性。

　　由於目前對觀音信仰的研究已較爲深入，此處僅著重探討觀音在明清時期民眾心目中的形象問題。

　　觀音菩薩，即觀世音菩薩，梵名 Avalokiteśvara，又作光世音菩薩、觀自在菩薩等。與大勢至菩薩同爲西方極樂世界阿彌陀佛之脅侍，世稱西方三聖。凡遇難眾生誦念其名號，菩薩實時觀其音聲前往拯救，故稱觀世音菩薩。又因其於理事無礙之境，觀達自在，故稱觀自在菩薩。

　　關於觀世音菩薩之住處，據《華嚴經》卷六十八載：「善男子！於此南方有山，名補怛洛迦，彼有菩薩，名觀自在。」〔註46〕補怛洛迦，梵名 Potalaka 或 Potala、Potaraka，意譯作小花樹、小白華、小樹蔓莊嚴、海島、光明。又稱布呾洛迦山、寶陀洛迦山、逋多羅山、寶陀羅山、補陀落山。位於印度南海岸，傳爲觀世音菩薩之住處。即在南印度秣羅矩吒國秣剌耶山（梵 Malaya）之東，中有觀世音菩薩往來之石天宮。隨著觀音信仰盛行，我國常將安置觀音之靈山，或與觀音有關係之殿宇以「補陀洛」或其異譯命名。如浙江省舟山群島上奉祀觀音的島嶼稱爲普陀山，承德有補陀洛寺。西藏以達賴喇嘛爲觀音之化身，其住處拉薩西北的宮殿稱爲補陀洛（布達拉）。因此我們可以看到在《西遊記》當中寫到孫悟空師兄弟每每求助於觀音菩薩時，都是跑到南海普陀山去尋找。小說當中對普陀山的描寫是：

　　　沙僧一駕雲離了東海，行經一晝夜，到了南海。正行時，早見落伽山不遠，急至前低停雲霧觀看。好去處！果然是：包乾之奧，括坤之區。會百川而浴日滔星，歸眾流而生風漾月。潮發騰凌大鯤化，波翻浩蕩巨鼇游。水通西北海，浪合正東洋。四海相連同地脈，仙方洲島各仙宮。休言滿地蓬萊，且看普陀雲洞。好景致！山頭霞

〔註45〕于君方，觀音：菩薩中國化的演變〔M〕，陳懷宇等譯，北京：商務印書館，2012。
〔註46〕大方廣佛華嚴經，卷68，大正藏 T.10, no. 279, p. 366，c3～4。

彩壯元精，岩下祥風漾月晶。紫竹林中飛孔雀，綠楊枝上語靈鸚。

琪花瑤草年年秀，寶樹金蓮歲歲生。白鶴幾番朝頂上，素鸞數次到

山亭。遊魚也解修眞性，躍浪穿波聽講經。

觀世音菩薩就住於南海普陀落迦山紫竹林潮音洞內。而在《大阿彌陀經》卷上、《無量壽經》卷下、《觀世音受記經》中，以觀世音菩薩爲阿彌陀佛之脅侍，常住西方極樂世界輔施教化，即以西方淨土爲此菩薩之本住處。這也就可以解釋爲甚麼小說中觀音常於西方極樂世界如來座下聽法論道。只是西遊故事創作者並未對有關觀音住處的這兩種有矛盾的說法給予一個有效的解釋，而僅僅是把它們按照小說行文的需要而放置在一起，當然，這恐怕也超出了創作者的能力範疇。

至於觀音菩薩的形象，因其應化無方，故而形狀亦頗多，以二臂之正觀音爲其本形，餘者皆其示現神變自在之力用：有一首、三首、五首，乃至千首、萬首、八萬四千爍迦囉首；有二臂、四臂，乃至萬臂、八萬四千母陀羅臂；有二目、三目，乃至八萬四千清淨寶目。其化相有千手千眼、十一面、準提、如意輪、不空罥索、青頸、香王等，亦皆有個別之儀軌。又《不空罥索神變眞言經》舉出四面大悲觀音、除八難仙觀音、播拏目佉觀音、大梵身相觀音、根本蓮華頂觀音、廣大明王央俱捨觀音等。此外，《摩訶止觀》卷二上舉有六觀音，《諸尊眞言句義抄》揭示十五觀音，又有二十五觀音、三十三觀音等。上述部分觀音形象非基於經軌而來，而係後世混合中國及日本之民俗信仰所產生。〔註47〕

〔註47〕關於觀音菩薩的形象研究，主要成果有：國外：Mary Virginia Thorell, "Hindu Influence Upon the Avolokitesvara Sculptural Representations of the Pala and Sena Periods". California State University Library , Long Beach, January 1975；Tove E. Nevile, "Eleven-headed Avalokitesvara: Its Origin and Iconography", Munshiram Manoharlal Publishers Pvt. Ltd.., New Delhi, 1999；Chang, Cornelius Patrick, "A Study of the Paintings of the Water-moon Kuan Yin", Printed by microfilm/ erography on acid-free paper in 1986 by University Microfilms International, Ann Arbor, Michigan, USA；Vignato, Giuseppe : "Chinese Transformation of Buddhism: The Case of Kuanyin". Micro-published by Theological Research Exchange Network, Portland, Oregon 1994；John larson & Rose kerr "Guanyin: A masterpiece Revealed". Victoria and Albert Museum 1985；洛克什·錢德拉著、楊富學譯，敦煌壁畫中的觀音〔J〕，敦煌學研究，1995（2）；宮治昭，斯瓦特的八臂觀音救難坐像浮雕——敦煌與印度的關係〔J〕，敦煌研究，2000（3）；〔日〕西上青曜，觀世音菩薩圖像寶典，唵阿吽出版社，1998（5）等。臺灣：林福春，論觀音形象之變遷〔J〕，宜蘭農工學報，1994（8）；陳清香，千手觀音像造

　　值得關注的是，在佛教剛剛傳入中國的時候，觀音顯然爲男性形象，這一點從早期的敦煌壁畫以及一些塑像等並可明證，比如長著髭鬚等等。

（敦煌第 196 窟，晚唐，觀音經變）

型之研究〔J〕，空大人文學報，1993（2）；陳清香，觀世音菩薩的形象研究〔J〕，華崗佛學學報，1973（3）；潘亮文，有關觀音像流傳的研究成果和課題〔J〕，藝術學，總第 18 期，1997 年 8 月；黃崇鐵，金銅佛造像特展——以三十三觀音爲中心的探討〔J〕，歷史博物館學報，總第 7 期，1997 年 12 月等。大陸：劉繼漢，從閻立本的「楊枝觀音」談觀音畫像的演變及其他〔J〕，正法研究，創刊號，1999 年 12 月；劉彥軍，十一面觀音〔J〕，文物春秋，2005（3）；李翎，藏密救六道觀音像的辨識——兼談水月觀音像的產生〔J〕，佛學研究，2004 年刊；王丹，從觀音形態之流變看中國佛教美術世俗化、本土化的過程〔J〕，河北師範大學學報，2003（3）等。參見李利安，觀音心眼研究現狀評析〔A〕，中國宗教研究年鑒（2003～2004）〔Z〕，北京：中國社會科學出版社，2006 年。

　　到了後世，觀音逐漸轉變爲女性的形象。由男向女轉變的具體時期，目前學界尚沒有統一的說法，但文獻表明，至少在北齊的時候，已經有女性形象的觀音出現。《北齊書》卷三十三載，武成皇帝病中「初見空中有五色物，稍近，變成一美婦人，去地數丈，亭亭而立，食頃，變爲觀世音」。佛教早期經典《妙法蓮華經》在談論觀音菩薩如何行方便法救濟眾生時，即已提該菩薩不但能現男像救濟眾生，而且也能現女像達到其救濟眾生目的。女性觀音形象的普遍湧現則在宋代，宋代實際上是女性觀音的完全成形時期；此外，宋代還出現了妙善公主的傳說，這不但使得觀音信仰更加本土化與民間化，也令觀音女性的觀念更爲普及。〔註48〕

　　《西遊記》中的觀音形象是這樣的：

> 理圓四德，智滿金身。瓔絡垂珠翠，香環結寶明。烏雲巧迭盤龍髻，繡帶輕飄彩鳳翎。碧玉紐，素羅袍，祥光籠罩；錦城裙，金落索，瑞氣遮迎。眉如小月，眼似雙星。五面天生喜，朱唇一點紅。淨瓶甘露年年盛，斜插垂楊歲歲青。解八難，度群生，大慈憫：故鎮大山，居南海，救苦尋聲，萬稱萬應，千聖千靈。蘭心欣紫竹，意性愛香藤。他是落伽山上慈悲主，潮音洞裏活觀音。（第八回）

這明顯是一個呈現女性形象的觀音。前已述及，自宋代以降，我國的觀音形象大量呈現爲女性形態，再加上民間流傳的妙善公主傳說、馬郎婦觀音傳說等等，女性形象的觀音遂深入人心，自此以後，漢傳佛教界很少見到男性形象的觀音了。這種情況反映到《西遊記》等小說當中，觀音自然會以女性形象展現在世人的面前。由這段文字我們還可以看出，此處的觀音形象大抵來自於「三十三觀音」中的「楊柳觀音」。後文第四十九回還寫到觀音化現「魚籃觀音」的形象：

> 遠觀救苦尊，盤坐襯殘箬。懶散怕梳妝，容顏多綽約。散挽一窩絲，未曾戴瓔絡。不掛素藍袍，貼身小襖縛。漫腰束錦裙，赤了一雙腳。披肩繡帶無，精光兩臂膊。玉手執鋼刀，正把竹皮削……菩薩即解下一根束襖的絲條，將籃兒拴定，提著絲條，半踏雲彩，

〔註48〕 參見〔法〕石泰安，觀音，從男神變女神一例〔A〕，耿升譯，法國漢學，第二輯〔C〕，北京：清華大學出版社，1997：86～192；張子開，觀世音性別的歷史演變略考〔J〕，馬來西亞《無盡燈》，1999：16～20；古正美：，從佛教思想史上轉身論的發展看觀世音菩薩——中國造像史上轉男成女像的由來〔J〕，東吳大學中國藝術史集刊，第15期，1987年2月。

抛在河中，往上溜頭扯著，口念頌子道：「死的去，活的住，死的去，活的住！」念了七遍，提起籃兒，但見那籃裏亮灼灼一尾金魚，還斬眼動鱗。……內中有善圖畫者，傳下影神，這才是魚籃觀音現身。

無論是楊柳觀音還是魚籃觀音，抑或是三十三觀音中的其他觀音形象，大多數並非來自於印度，其中所反映的問題值得深入考慮。

我們先來看三十三觀音的組成。所謂三十三觀音，指觀世音菩薩為攝化而自在示現之三十三種形象，其依據應是《法華經‧普門品》。民間諸種感應傳、持驗記常述之。三十三觀音之名稱及形象為：

1. 楊柳觀音踞坐岩上，右手執楊柳，表千手觀音之楊柳手三昧。

2. 龍頭觀音乘雲中之龍，表三十三身之天龍身。

3. 持經觀音箕坐岩上，右手持經卷，表三十三身中之聲聞身。

4. 圓光觀音身邊放光明，表《法華經‧普門品》中「或遭王難苦，臨刑欲壽終，念彼觀音力，刀尋段段壞」之意。

5. 遊戲觀音箕坐雲中，表《法華經‧普門品》中「或被惡人逐，墮落金剛山，念彼觀音力，不能損一毛」之意。

6. 白衣觀音敷草坐岩上，結定印，表三十三身中之比丘、比丘尼身。

7. 蓮臥觀音合掌，左向坐荷葉上，表三十三身中之小王身。

8. 瀧見觀音倚岩視右方之瀑布，表「假使興害意，推落大火坑，念彼觀音力，火坑變成池」之意。

9. 施藥觀音坐於池邊，注視蓮華，表「或在須彌峰，為人所推墮，念彼觀音力，如日虛空住」之意。

10. 魚籃觀音乘大魚，浮於水上，表「或遇惡羅剎，毒龍諸鬼等，念彼觀音力，時悉不敢害」之意。

11. 德王觀音趺坐岩上，右手執柳枝，表三十三身中之梵王身。

12. 水月觀音乘蓮瓣，立於水中，注視水中之月，表三十三身中之辟支佛身。

13. 一葉觀音乘一葉蓮瓣，浮於水上，表三十三身中之宰官身。

14. 青頸觀音倚岩，左方有瓶，插以柳枝，表三十三身中之佛身。

15. 威德觀音箕坐，左手持蓮，表三十三身中之天大將軍身。

16. 延命觀音　倚水上之岩，右手支頰，表「咒詛諸毒藥，所欲害身者，

念彼觀音力，還著於本人」之意。

17. 眾寶觀音向左平坐，表三十三身中之長者身。

18. 岩戶觀音端坐岩窟中，表「蚖蛇及蝮蠍，氣毒煙火燃，念彼觀音力，尋聲自回去」之意。

19. 能靜觀音在岩壁間，兩手按一岩上，表「為求金銀琉璃……等寶，入於大海，假使黑風吹其船舫，飄墮羅剎鬼國，其中若有乃至一人稱觀世音菩薩名者，是諸人等皆得解脫羅剎之難」之文意。

20. 阿耨觀音，坐岩觀海，表「或漂流巨海，龍魚諸鬼難，念彼觀音力，波浪不能沒」之意。

21. 阿摩提觀音箕坐岩上，表三十三身中之毗沙門身。

22. 葉衣觀音敷草坐岩上，表三十三身中之帝釋身。

23. 琉璃觀音，乘蓮瓣，立於水上，兩手持缽，表三十三身中之自在天身。

24. 多羅尊觀音立雲中，表「或值怨賊繞，各執刀加害，念彼觀音力，咸即起慈心」之意。

25. 蛤蜊觀音示現蛤蜊中，表三十三身中之菩薩身。

26. 六時觀音右手持梵夾之立像，表三十三身中之居士身。

27. 普悲觀音衣端受風之立像，表三十三身中之大自在天身。

28. 馬郎婦觀音婦女立像，表三十三身中之婦女身。

29. 合掌觀音合掌立像，表三十三身中之婆羅門身。

30. 一如觀音坐雲中作飛行狀，表「雲雷鼓掣電，降雹澍大雨，念彼觀音力，應時得消散」之意。

31. 不二觀音　兩手相叉立荷葉上，表三十三身中之執金剛身。

32. 持蓮觀音持一莖之蓮，立荷葉上，表三十三身中之童男童女身。

33. 灑水觀音左手持缽，右手執楊柳枝之立像，表「若為大水所漂，稱其名號，即得淺處」之意。〔註49〕

三十三觀音的形象儘管源於《法華經・普門品》，但又與其中所述之觀音三十三身大有不同，它們明顯已經十分中國化。這表現出，中國觀音信仰已然達到極為興盛的狀況，以至於民間不斷地創作出新的觀音顯聖事蹟，使得觀音的本來面目越來越模糊；本土化的觀音形象正是這樣不停地強化，最終形成完全中國化的觀音形象。

〔註49〕依據《佛光大辭典》「三十三觀音」條。

對於觀音的女性形象問題，古代文獻中有一些特別的證據，宋元時人的筆記當中，屢屢及某某女子的名字叫做「觀音」，現權舉數例以證之：

中充儀，十九歲，名觀音。

江夏黃夫人，十九歲，名觀音奴。

褚夫人，十八歲，名醉觀音。〔註50〕

金弄玉、陳嬌子、月裏嫦娥、申觀音，移居額魯觀寨。

韋月姑、張貝姑、衛福雲、劉阿奴、文楊妃、王賽蓮、劉月奴、喬瑞芳、黃朱紅、張月仙、向袖雲、彭佛哥、梁溫和、王翦雲、吳端姑、鍾大寶、王月奴、楊吉保、葉金姑、惲花雲、張花媚、王金姑、李巧郎、黃觀音、李雙飛、姜銀鈴、徐春羅、曾四面、田倩雲、李仙桃、苟玉虎、顧小郎、褚觀音、潘玉兒、任蕙卿、劉春芳、王紅奴、芮二南、王杏林、紀男郎、湯三姑、邢柳姊、汪和姑、於一翦紅，均七起北行，道歿十一人，餘入雲中御寨。〔註51〕

陳婆惜善彈唱，聲過行雲，然貌微陋，而談笑風生，應對如響，省憲大官皆愛重之。在絃索中，能彈唱雜劇曲者，南北十人而已。女觀音奴，亦得其彷彿，不能造其妙也。〔註52〕

由此可見，在宋時女子以「觀音」為名已經成為了一種習俗。然而這需要一個前提條件，那就是女性形象的觀音在中國已經獲得普遍認可。如果這個時期大眾心目中的觀音形象仍然是「勇猛丈夫」的話，那麼是不可能有那麼多女兒家以此為名的。而從另外一個方面來說，已經定成形的女性觀音形象必定貌美之極，集時人對美貌女性的審美趣味於一身，民間女子以觀音為名，其目的應當是取其貌美、或希望其長成傾國容貌之意吧。

天下寺廟多塑畫觀音像的原因，南宋吳曾在其《能改齋漫錄》中曾加以分析：

天下寺立觀音像，蓋本於唐文宗好嗜蛤蜊。一日，御饌中有擘不開者，帝以為異。因焚香祝之，乃開。即見菩薩形，梵相具足。遂貯以金粟檀香合，覆以美錦，賜興善寺。仍敕天下寺，各立觀音像。〔註53〕

〔註50〕此三條引自佚名，開封府狀〔M〕，靖康稗史本。
〔註51〕此二條引自可恭，宋俘記〔M〕，靖康稗史本。
〔註52〕夏庭芝，青樓集〔M〕，上海：上海古典文學出版社。
〔註53〕吳曾，能改齋漫錄〔M〕，上海：上海古籍出版社，1979，卷二。

此說幾近於戲謔，觀音信仰得以普遍流行的原因顯然不是一個偶然的事件所
能決定的。《妙法蓮華經》中載：

爾時，無盡意菩薩即從座起，偏袒右肩，合掌向佛，而作是言：
「世尊！觀世音菩薩，以何因緣名觀世音？」

佛告無盡意菩薩：「善男子！若有無量百千萬億眾生受諸苦
惱，聞是觀世音菩薩，一心稱名，觀世音菩薩實時觀其音聲，皆得
解脫。若有持是觀世音菩薩名者，設入大火，火不能燒，由是菩薩
威神力故。若為大水所漂，稱其名號，即得淺處。若有百千萬億眾
生，為求金、銀、琉璃、車磲、馬瑙、珊瑚、虎珀、真珠等寶，入
於大海，假使黑風吹其船舫，飄墮羅剎鬼國，其中若有，乃至一人，
稱觀世音菩薩名者，是諸人等皆得解脫羅剎之難。以是因緣，名觀
世音。若復有人臨當被害，稱觀世音菩薩名者，彼所執刀杖尋段段
壞，而得解脫。若三千大千國土，滿中夜叉、羅剎，欲來惱人，聞
其稱觀世音菩薩名者，是諸惡鬼，尚不能以惡眼視之，況復加害。
設復有人，若有罪、若無罪，杻械、枷鎖檢繫其身，稱觀世音菩薩
名者，皆悉斷壞，即得解脫。若三千大千國土，滿中怨賊，有一商
主，將諸商人，齎持重寶、經過嶮路，其中一人作是唱言：『諸善男
子！勿得恐怖，汝等應當一心稱觀世音菩薩名號。是菩薩能以無畏
施於眾生，汝等若稱名者，於此怨賊當得解脫。』眾商人聞，俱發
聲言：『南無觀世音菩薩。』稱其名故，即得解脫。」

「無盡意！觀世音菩薩摩訶薩，威神之力巍巍如是。若有眾生
多於淫欲，常念恭敬觀世音菩薩，便得離欲。若多瞋恚，常念恭敬觀
世音菩薩，便得離瞋。若多愚癡，常念恭敬觀世音菩薩，便得離癡。」

「無盡意！觀世音菩薩，有如是等大威神力，多所饒益，是故
眾生常應心念。若有女人，設欲求男，禮拜供養觀世音菩薩，便生福
德智慧之男，設欲求女，便生端正有相之女，宿殖德本，眾人愛敬。」

「無盡意！觀世音菩薩有如是力，若有眾生，恭敬禮拜觀世音
菩薩，福不唐捐，是故眾生皆應受持觀世音菩薩名號。」〔註54〕

從上引經文可以看出，在佛教徒的眼裏，觀音菩薩不僅僅法力強大，幾乎可

〔註54〕妙法蓮華經，卷七，觀世音菩薩普門品，大正藏 T.09, no. 262, p. 56，c3～
29 ～ p，57，a12。

以解決任何問題，而且還有一個非常重要的特點，就是只需念其名號即可獲得觀音菩薩的拯救與護祐，這後者才是造成觀音信仰盛行的重要原因。

在古代中國，普通民眾的知識水平普遍不高，普及性的教育到了近世以後才開始展開，要讓古代中國這些不能識字斷句的普通民眾去念誦佛經來獲得解脫與救贖，顯然是不可能的。那麼最終必然會出現簡便易行的法門，使得廣大處於社會下層的信眾也能夠獲得解脫與救贖。彌陀淨土信仰中的稱名念佛——即念誦「阿彌陀佛」——就是一個極好的例子。通過稱名念佛來獲得佛陀的護祐的法門在中土大地一經出現，很快就獲得了高度的認可，從唐朝開始，所有的信仰佛教的民眾口中念誦最多的，恰恰正是那一句「阿彌陀佛」。觀音信仰的普及，其原因與這個例子當是一致的：人們只需要在危難時刻或者需要幫助的時候念誦觀世音菩薩的名號，就可以獲得神的護祐與幫助。並且，上引《法華經·普門品》中所提及的各種情況，比如身困大火之中、在大海中飄墮羅剎鬼國、被刑拘、經商遇險、多於淫欲、求子嗣等等，無不是普通民眾經常會遇到、且在現實社會中很難憑人力加以解決的問題，而佛教不但提供了解決的辦法，並且這個辦法是如此簡單，以至於並非資深的佛教信徒都能夠很輕易地實施，再加上民間流傳的種種觀音靈驗傳說，觀音信仰的流行遂成為自然。也正是因此，從某種程度上來說，觀音信仰最終甚至脫離了佛教而成為中國最重要的民間信仰之一，至今仍然深深植根於大部分中國民眾之心底。〔註55〕

觀音信仰脫離佛教而成為獨立的民間信仰的時期，大致應當在明代乃至以後的一段時期。我們在明清時期的文獻當中可以找到不少確鑿的證據。

民間出現了大量的獨立供奉觀音的廟宇祠堂。這些廟宇祠堂大多以「觀音」為名。明沈榜《宛署雜記》中即記載了數例：

> 朝陽水洞，在縣西五十里白家灘。洞內有觀音庵。（卷四）
>
> 龐涓洞，在戒壇西，離城七十里觀音庵內。洞長一里許，高闊數丈，內有盤龍石、棋盤石井各一。遊者必舉火以入。（卷四）
>
> 北日中坊：一鋪曰白米斜街、曰觀音堂街、曰皇牆下街。（卷五）
>
> 觀音禪寺，在瓦窯村，正統十六年太監黃建創，太子賓客胡濙

〔註55〕關於稱名念佛，參見張子開，略析敦煌文獻中所見的念佛法門〔J〕，（臺灣）慈光學報，2001年12月，p.193～211。

記。（卷十九）

　　觀音寺，在梁各莊。地藏寺，在里河村，嘉靖三十年村民王增
等修。雲岩寺，在張公垡，萬曆元年鄉民建。（卷十九）

　　聖母觀音寺，在東齋堂村，古刹廢址。正德十四年重建，通政
司參政顧經記。團山寺，在桑峪社村，宋景定時建，舊名團山禪林。
正統九年、萬曆十二年重修，沙門南浦記。龍王觀音寺，先朝至正
中建，舊名龍王廟。成化年村民於仲全等重建，嘉靖三年改今名。（卷
十九）

　　城外：觀音堂，一在蘆溝橋八里莊，離城三十里。一在新房村，
離城五十里。一在南茨榆村，一在窯子頭，一在西黑垡村，以上離
城七十里。一在大新莊，離城一百里，相傳唐敬德建。一在長安城，
離城二百里。（卷十九）

這僅僅是明代京西地方的部分狀況。至於其他地方的觀音道場，在明代文人
的筆記以及明清地方志中仍多有保留，此不贅引。

　　民間的這些獨立供奉觀音的廟宇的管理者大多並非佛教徒，而是普通
的民眾。他們會在固定的節日舉辦相應的活動，比如觀音成道日等。前引
《宛署雜記》已經表明，至少有相當部分的觀音祠廟是由「村民」「鄉民」
所建，其實際的管理者也應該是這部分人。如此一來，就很難把這類信仰
歸屬於佛教，歸屬於民間信仰反倒是比較恰當的。民眾管理觀音道場的例
子，再如：

　　泗涇鎮西北隅，有祥澤道院舊基。萬曆十三年四月初一日修
復，改名小武當。又建後殿，供聖宮聖母。東南隅，有觀音廟。萬
曆十九年十二月修建，改名小普陀。前爲鐘樓，山門後爲觀音大殿。
又建三洞石橋，曰普渡。每歲進香如歸市，皆檀越徐承思一力爲之。

〔註56〕

這種管理，包括由民間舉辦祭賽觀音活動：

　　里中故有佛會，如老人婆子輩，念佛群聚而已。自萬曆辛丑，
而惡少始倡，觀音會則費在二三百金以上矣。強人之所，不欲以陰
濟其私，官司不爲禁約。其明年壬寅，則風益熾，費近五六百金，

〔註56〕　（明）范濂，雲間據目鈔〔M〕，筆記小說大觀，第十三冊，江蘇廣陵古籍刻
　　　　　印社，1984，卷五。

而四郊鄉村之家，爭來市上親友家看會，説者云共費千金。〔註57〕

明清以來，民間的宮觀祠廟以至民間家庭普遍供奉各種佛、道神祇，而在絕大多數情況下，觀音必居其中。明清時期的筆記、小說等文學作品和地方志中多有反映，清福格《聽雨叢談》卷一載滿族之神板神箕云：

> 懸木板或木龕於西上，是妥神之靈也。或有軸像，或虛位望祭。其軸像繪神三尊，一爲關帝，一爲觀音，一則袍聱也。相傳我朝向前明索神佛像，使還，得奉關帝、觀音、土地三像而歸。愚按家家所供者，應是奉來神像，當日即與祖先供奉一龕，後世因之，不敢更易也。

民間又尚有一類人假觀音信仰之名，行醫治之術，行騙於世人的，也能證明觀音信仰在民間的流行狀況。清方濬師《蕉軒隨錄》卷二記一以觀音菩薩之名行騙之人的供詞曰：

> 我素不識字，亦無藥方醫書，初時不過學李氏針紮按摩的訣，後見請我治病人多，就將買來丸藥改做，隨意畫符。我本無法術，怕人看出破綻，所以混念幾句俗語，編幾個佛號，作爲咒語，叫兒子廣月寫就。施藥時默念咒語，一心專求觀音菩薩，並叫人服藥時心心念佛。不料竟有靈驗，致大家布施。後因修理塔院未成，工頭任五向我商量，欲將我坐雪、出身、治病的原委畫出圖像，並因我從前夢見觀音菩薩教我出家的話，並捏説我是觀音轉世。我聽從他畫成圖像五軸，傳播開去，以致人都稱老祖活佛。這原是希圖多得布施的意思，是我該死，並無別的邪術，亦無傳授與人及別項不法的事。如有別情，現在雙慶們俱在案下，這樣嚴審，豈能替我隱瞞。

實際上，不僅明清時期如此，我們至今仍可以在中國的鄉村發現類似的情況，可見觀音信仰擴散狀況之一斑。

事實上，就佛教而言，除了觀音信仰有這樣的民間化歷程之外，其他一些佛教神祇也有類似的情況，比如文殊信仰、彌勒信仰、彌陀信仰等等，這些民間化的佛教神祇與中國本土神祇混同在一起，最終構成了中國民眾的民間信仰世界。

〔註57〕 （明）李樂，見聞雜記〔M〕，上海：上海古籍出版社，1986年影印本，卷五。

第三節　東方神仙世界的構成

　　相對於西方極樂世界來說，《西遊記》中東方世界的構成顯然要複雜得多，其中單就神祇的人數這一點來講，就遠遠超過西方世界。並且，東方世界的構成也自有其特色：其神祇來源較為雜亂，既有中國本土原生的神祇，也有來自於道教、佛教的神祇；其神祇譜系是參照道教的神祇譜系而建構的，但與道教又有很大的不同之處。這些都值得我們深入探討，特別是其中折射出的中國民間信仰的特點和民眾的信仰心理因素，更值得關注。

一、最高神靈：玉皇大帝

　　在《西遊記》中，玉皇大帝無疑是超越一切的神靈，儘管西方世界的如來佛祖在地位上基本與玉皇大帝相等，但是在作者的潛在思路當中，玉皇大帝仍然是統領天下四方的最高神靈，無論是人間界還是天界的大小事務，都是由玉皇大帝來親自裁決。西遊創作者曾經數次表達這個意思。如孫悟空剛剛出世之時，驚動玉帝：

　　　　內育仙胞，一日迸裂，產一石卵，似圓球樣大。因見風，化作一個石猴，五官俱備，四肢皆全。便就學爬學走，拜了四方。目運兩道金光，射衝斗府。驚動高天上聖大慈仁者玉皇大天尊玄穹高上帝，駕座金闕雲宮靈霄寶殿，聚集仙卿，見有金光焰焰，即命千里眼、順風耳開南天門觀看。二將果奉旨出門外，看的真，聽的明。須臾回報道：「臣奉旨觀聽金光之處，乃東勝神洲海東傲來小國之界，有一座花果山，山上有一仙石，石產一卵，見風化一石猴，在那裡拜四方，眼運金光，射衝斗府。如今服餌水食，金光將潛息矣。」玉帝垂賜恩慈曰：「下方之物，乃天地精華所生，不足為異。」（第一回）

玉皇大帝的稱號相當長，全稱是「高天上聖大慈仁者玉皇大天尊玄穹高上帝」。如果把此處描寫的玉皇大帝與書中有關如來的描寫相比較的話，那麼玉皇大帝顯然比如來更像一位帝王。事實上，在中國普通民眾的心目中，他的確是一位帝王，是高高在上的、無所不能的帝王。正如這裡所描寫的，悟空降生之時，驚動了玉帝，玉帝派人查看，知道其來歷後，表示「不足為異」，其潛在的意思是：所有的事務，包括下界的事務，都是由其掌握的；一旦發現有異，玉帝就會採取相應的措施來應對和處理。

　　另外一處文字，也表現了玉帝是參照凡間的帝王而創造的。這就是孫悟空狀告李天王的事件。當時唐僧被陷無底洞，悟空進洞探明了那妖怪原來是李天王的女兒，洞內供奉著李天王和哪吒的長生牌位，於是到天庭找玉帝告狀：

　　　　行者見了滿心歡喜，也不去搜妖怪找唐僧，把鐵棒撚作個繡花針兒，摁在耳朵裏，輪開手，把那牌子並香爐拿將起來，返雲光，徑出門去。至洞口，唏唏哈哈，笑聲不絕。八戒沙僧聽見，掣放洞口，迎著行者道：「哥哥這等歡喜，想是救出師父也？」行者笑道：「不消我們救，只問這牌子要人。」八戒道：「哥啊，這牌子不是妖精，又不會說話，怎麼問他要人？」行者放在地下道：「你們看！」沙僧近前看時，上寫著「尊父李天王之位」、「尊兄哪吒三太子位」。沙僧道：「此意何也？」行者道：「這是那妖精家供養的。我闖入他住居之所，見人跡俱無，惟有此牌。想是李天王之女，三太子之妹，思凡下界，假扮妖邪，將我師父攝去。不問他要人，卻問誰要？你兩個且在此把守，等老孫執此牌位，徑上天堂玉帝前告個御狀，教天王爺兒們還我師父。」八戒道：「哥啊，常言道，告人死罪得死罪，須是理順，方可爲之。況御狀又豈是可輕易告的？你且與我說，怎的告他？」行者笑道：「我有主張，我把這牌位香爐做個證見，另外再備紙狀兒。」八戒道：「狀兒上怎麼寫？你且念念我聽。」行者道：「告狀人孫悟空，年甲在牒，係東土唐朝西天取經僧唐三藏徒弟。告爲假妖攝陷人口事。今有托塔天王李靖同男哪吒太子，閨門不謹，走出親女，在下方陷空山無底洞變化妖邪，迷害人命無數。今將吾師攝陷曲邃之所，渺無尋處。若不狀告，切思伊父子不仁，故縱女氏成精害眾。伏乞憐准，行拘至案，收邪救師，明正其罪，深爲恩便。有此上告。」八戒沙僧聞其言，十分歡喜道：「哥啊，告的有理，必得上風。切須早來，稍遲恐妖精傷了師父性命。」行者道：「我快！我快！多時飯熟，少時茶滾就回。」

　　　　好大聖，執著這牌位香爐，將身一縱，駕祥雲直至南天門外。時有把天門的大力天王與護國天王見了行者，一個個都控背躬身，不敢攔阻，讓他進去。直至通明殿下，有張、葛、許、邱四大天師迎面作禮道：「大聖何來？」行者道：「有紙狀兒，要告兩個人哩。」

> 天師吃驚道：「這個賴皮，不知要告那個。」無奈，將他引入靈霄殿
> 下啓奏。蒙旨宣進，行者將牌位香爐放下，朝上禮畢，將狀子呈上。
> 葛仙翁接了，鋪在御案。玉帝從頭看了，見這等這等，即將原狀批
> 作聖旨，宣西方長庚太白金星領旨到雲樓宮宣托塔李天王見駕。行
> 者上前奏道：「望天主好生懲治，不然，又別生事端。」

下界妖精作怪的事情，跟天上的天王有關，孫悟空得了證據於是便要告御狀，
還寫了狀紙。接下來的程序便與人間官司一般無二，宣原告被告。最後的處
理方式也頗爲中國特色，即由太白金星說和，相當於庭外調解，讓那李天王
去捉拿妖精歸案而作罷。玉帝在整個事件當中雖然沒有起到多大的作用，但
是其如人間官員般的問案審案卻從另一個角度表明了玉帝所擁有的權力，也
就是說，玉帝擁有對下界以及天界的絕對領導權。

　　值得關注的是，《西遊記》中東方世界的神祇譜系是參照道教的神祇譜系
來建立的，而眾所周知，道教的最高神是三清，並非玉帝。那麼玉帝究竟是
怎麼成爲了天上地下的最高神靈的呢？

　　我們先來看玉帝的出生。玉皇大帝最早出現在文獻當中時，當爲五代以
前。《太平廣記》卷一引前蜀杜光庭《仙傳拾遺》曰：「木公，亦云東王父，
蓋清陽之元氣，百物之先也。冠三維之冠，服九色雲霞之服，亦號『玉皇君』。
居於雲房之間，以紫雲爲蓋，青雲爲城。仙童侍立，玉女散香，眞僚仙官巨
億萬計，各有所職，皆稟其命而朝奉翼節，故男女得道者，名籍所隸焉。」
在此，東王公已有領導眾仙的王者之風，居於華麗的宮殿，眞僚仙官巨億萬
計，可見他在神仙中的崇高地位。但需要注意，這段文獻所出現的時代實際
上已經非常晚了，《仙傳拾遺》乃唐末五代道士杜光庭所撰，而在此之前並未
有玉皇出現，因此學界的一般看法均認爲，玉皇的出現是比較晚起的，至少
在唐代以前並不存在。〔註58〕

　　學界目前較爲普遍的共識是，玉皇大帝實際上是遠古時期天帝信仰的轉
化。就目前所知，至少在商代已經形成了對「帝」或者「上帝」的信仰。殷
墟出土的卜辭，使我們得以知曉一些不見於傳世文獻、或是未曾分辨出來的
新石器時代資料中的宗教觀念，即「帝」或「上帝」是一位佔據統治地位的

〔註58〕 參見蓋建民，民間玉皇信仰與道教略論〔J〕，江西社會科學， 2000（08）；
　　　　陳建憲，論玉皇文化的起源、結構與功能〔J〕，湖北民族學院學報（哲學
　　　　社會科學版），2001（02）。

至高無上的天神，他駕馭著宇宙節律和自然現象，可保國王獲勝，莊稼豐收，或者相反，帶來災難，招致疾病和死亡。充分證明了「上帝有很大的權威，是管理自然與下國的主宰」〔註59〕。西周以後，出現了皇天、上天、皇天上帝、昊天上帝等稱呼，這些稱呼今天尚可以在《詩經》《尚書》《左傳》等古書中見到，說明了天帝信仰已然擴散化，並在民間廣泛流行。

當然這僅僅是玉皇大帝的前身，也可以說是原型。玉皇大帝真正出現在民眾的信仰領域還是在唐代以後。就「玉皇大帝」這一稱號而言，直到南朝齊梁時陶弘景作《真靈位業圖》，才有「玉皇」和「玉帝」的名目，但地位並不高，「玉皇道君」只處在玉清三元宮右位的第十一位，「高上玉帝」在第十九位，並非現今的眾仙之首。唐代類書《初學記》卷二十三，引用《龜山元錄經》稱：「高上玉皇上聖帝君九天玉真，皆德空洞以為字，合二氣以為名。」卻並未介紹其職能。及至李唐王朝與太上老君攀親，道教空前發展，一度成為國教，玉皇大帝信仰才流行開來。唐代詩人和文人的作品中，常有稱玉皇、玉帝的，如白居易《夢仙詩》中有「安期羨門輩，列侍如公卿。仰謁玉皇帝，稽首前致誠」〔註60〕句，韋應物《學仙》詩中有「存道忘身一試過，名奏玉皇乃昇天」〔註61〕句。唐人所說的玉皇，可能只是天上之神的尊稱和泛稱，因為古人認為白玉與天地共存，服後可以長生。玉又是純淨和清潔的象徵，所以道教稱神仙的都市為玉京，神仙的住持為玉宇，神仙的侍從為玉女、玉郎，神仙的典籍為玉簡、玉冊，神仙的動植物為玉兔、玉蟾、玉樹、玉芝等等。唐人詩歌中關於玉皇的描寫，其權勢地位和儀仗住行等已經同人世間的最高統治者皇帝十分接近了。

到了宋代，帝王們更加崇信道教，不惜用各種手段宣揚趙氏王朝得玉帝庇祐，乃天命之所歸。而玉皇大帝信仰的興起與傳播，也與宋代帝王有著莫大的關係：

> 帝（宋真宗）於大中祥符五年十月，語輔臣曰：「朕夢先降神人傳玉皇之命云：『先令汝祖趙某授汝天書，令再見汝，如唐朝恭奉玄元皇帝。』翼日，復夢神人傳天尊言：『吾坐西，斜設六位以候。』是日，即於延恩殿設道場。五鼓一籌，先聞異香，頃之，黃光滿殿，

〔註59〕參見陳夢家，殷虛卜辭綜述〔M〕，北京：科學出版社，1956。
〔註60〕（唐）白居易，白氏長慶集〔M〕，四部叢刊本，卷1。
〔註61〕（唐）韋應物，韋江州集〔M〕，四部叢刊本，卷9。

蔽燈燭，睹靈仙儀衛天尊至。朕再拜殿下。俄黃霧起，須臾霧散，
由西升升，見侍從在東陛。天尊就座，有六人揖天尊而後坐。朕欲
拜六人，天尊止令揖，命朕前，曰：『吾人皇九人中一也，是趙之始
祖，再降，乃軒轅黃帝，凡世所知少典之子，非也。毋感電夢天人，
坐於壽丘。後唐時，奉玉帝命，七月一日下降，總治下方，主趙氏
之族，今已百年。皇帝善為託育蒼生，無怠前志。』即離座，乘雲
而去。」〔註62〕

　　既然有了這樣的關係，於是便出現了對玉皇大帝的加封爵號的行為。宋
真宗大中祥符八年（1105 年），尊玉皇上帝聖號為「太上開天執符御歷含真體
道玉皇大天帝」。宋徽宗政和六年（1116 年），又尊玉皇尊號為「太上開天執
符御歷含真體道昊天玉皇上帝」。由此自上而下，在政府的推動與扶持之下，
終於使得玉皇大帝這位最初地位並不高的神成為了天上地下的至高神靈，成
為了中國民眾心目當中的最高神祇。

　　趙宋時期的道教當然更是竭力宣傳，聲稱玉帝總管三界（天界、地界、
水界或欲界、色界、無色界）、十方（東、西、南、北、東南、東北、西南、
西北、上、下）、四生（胎生、卵生、濕生、化生）、六道（天道、神道、人
道、地獄道、餓鬼道、畜生道）。這樣的宣傳使得玉帝的地位在某種程度上超
越了三清，而隱然成為天上地下的最高神祇。

　　對於玉皇大帝的身世，道士們給出了一份有趣的出生證明：

　　　　往去世有國，名號「光嚴妙樂」，國王者名曰「淨德」。時王有
后，名「寶月光」。其王無嗣，嘗因一日，作是思惟：「我今將老而
無太子，身或崩殂，社稷九廟委付何人？」作是念已，即便敕下詔
諸道眾於諸宮殿，依諸科教，懸諸幡蓋，清淨嚴潔，廣陳供養，六
時行道，遍禱真聖，已經半載，不退初心。忽夜，寶月光皇后夢太
上道君與諸至真，金姿玉質，清淨之儔，駕五色龍輿，擁耀景旌，
蔭明霞蓋。是時，太上道君安坐龍輿，抱一嬰兒，身諸毛孔放百億
光，照諸宮殿，作百寶色，幢節前導，浮空而來。是時，皇后心生
歡喜，恭敬禮接，長跪道前，白道君言：「今王無嗣，願乞此子為社
稷主，伏願慈悲哀愍聽許。」爾時道君答皇后言：「願特賜汝。」是
時，皇后禮謝道君，而乃收之。皇后收已，便從夢歸，覺而有孕。

────────────

〔註62〕（元）脫脫，宋史，北京：中華書局，1977，卷 104。

懷胎一年，於丙午歲正月九日午時誕於王宮。當生之時，身寶光焰
充滿王國，色相妙好，觀者無厭。幼而敏慧，長而慈仁。於其國中
所有庫藏一切財寶，盡將散施窮乏困苦、鰥寡孤獨、無所依怙、飢
饉癃殘，一切眾生，仁愛和遜。歌謠有道：「化及遐方，天下仰從。
歸仁太子，父王加慶。」當迺之後，王忽告崩。太子治政，俯念浮
生，告敕大臣，嗣位有道，遂捨其國，於普明香嚴山中修道。功成
超度，過是劫已，歷八百劫。身常捨其國為群生故，割愛學道。於
此後又經八百劫，行藥治病，拯救眾生，令其安樂。此劫盡已，又
經八百劫，廣行方便，啟諸道藏，演說靈章，恢弘正化，敷揚神功，
助國救人，自幽及顯。過此已後，再歷八百劫，亡身殞命，行忍辱
故，捨己血肉。如是修行三千二百劫，始證金仙，號曰「清靜自然
覺王如來」，教諸菩薩頓悟大乘正宗，漸入虛無妙道。如是修行，又
經億劫，始證玉帝。〔註63〕

我們很容易就在這段描述當中找到佛經的影子，而玉皇的整個故事也跟佛陀
的故事大體相似，即皆出生於王族家庭，出生時有異象，長大之後出家，最
後居然修成了「清靜自然覺王如來」，也就是說修成了佛；之後還教了很多菩
薩頓悟的法門，自己經歷了很長時間以後，終於成為了玉帝。故事中夾雜了
大量的佛教術語，並且也參考了佛誕故事，實際上反映了古代中國道教對於
佛教的借鑒。

　　我們知道，早期道教並沒有龐大的神祇系統，也缺乏足夠的經典，大多
數的神祇與經典都是在佛教傳入之後，比照佛教的做法來仿製的。雖然道教
在建立神仙譜系的過程中吸納了不少中國本土的民間信仰，卻也完全不能跟
佛教龐大的神祇譜系相抗衡，在缺乏本土吸納資源、又沒有足夠想像力、疏
於自創的情況下，道教採取了一種簡捷的方案：直接拷貝佛教的神祇，將其
放置於自己的系統當中。這中間當然還涉及到一些深層次的原因，比如說佛
教傳入之初是以道術之流的面貌出現在世人面前的，歷來都頗有一些普通民
眾乃至一些上層人士認為佛教跟道教差不多，很容易混為一談，等等。〔註64〕

〔註63〕高上玉皇本行集經，卷上，《道藏》第一冊，文物出版社、上海書店、天津古
　　　籍出版社聯合出版，1988。
〔註64〕參見〔荷蘭〕許理和，佛教征服中國〔M〕，南京：江蘇人民出版社，1998；
　　　葛兆光，中國思想史（第一卷）〔M〕，上海：復旦大學出版社，2002。

需要說明的是，這兩種宗教在傳播的過程中存在著不斷的鬥爭與妥協，雙方又都吸收了對方的一些東西——在神祇系統構建和齋醮科儀的設計層面，似乎道教吸納學習的東西尤其多一些，畢竟在早期的時候，道教並不具備一個完善的神仙譜系以及科儀戒規等等。

再回到這段文字本身，我們可以發現，作者的寫作目的除了讚揚玉帝的修行功績之外，也沒有忘記貶低佛教的地位。按照作者的潛在思路，既然修成佛是修成玉帝的前一階段，那麼顯然佛與玉帝相比是比較低級的層次。這種說法在道教當中曾經普遍流傳，猶如一度盛行的老子化胡論。

玉皇大帝形象的確立，恰如馬書田在其《華夏諸神》一書中所言：「人們對玉帝的認識，並非來自道教經典《玉皇經》，主要來自有關小說如《西遊記》、《南遊記》（《五顯靈官大帝華光天王傳》）、《北方眞武玄天上帝出身志傳》（《北遊記》）等。」〔註65〕而筆者認爲，《南遊記》《北遊記》等書並不如《西遊記》般流傳廣遠，深入人心，因此在中國民間所熟知的玉皇大帝形象的塑造方面，《西遊記》之功勞遠較其他諸書爲大。陳建憲《玉皇大帝信仰》一書也認爲：「《西遊記》一書的出現，是玉皇大帝神系形成和確立的一個里程碑。玉帝信仰在中國老百姓中的巨大影響，多多少少要歸功於這部偉大作品的廣泛流傳。直到今天，可能絕大多數人對於玉皇大帝的印象，都是來自兒時所聽到或看到的《西遊記》故事。」〔註66〕

《西遊記》當中玉帝的形象又若何呢？我們先來看一段小說中的文字：

> 卻表啓那個高天上聖大慈仁者玉皇大天尊玄穹高上帝，一日，駕坐金闕雲宮靈霄寶殿，聚集文武仙卿早朝之際，忽有邱弘濟眞人啓奏道：「萬歲，通明殿外，有東海龍王敖廣進表，聽天尊宣詔。」玉皇傳旨：「著宣來。」敖廣宣至靈霄殿下，禮拜畢。旁有引奏仙童，接上表文。玉皇從頭看過。表曰：「水元下界東勝神洲東海小龍臣敖廣啓奏大天聖主玄穹高上帝君：近因花果山生、水簾洞住妖仙孫悟空者，欺虐小龍，強坐水宅，索兵器，施法施威；要披掛，騁凶騁勢。驚傷水族，唬走龜鼉。南海龍戰戰兢兢；西海龍淒淒慘慘；北海龍縮首歸降；臣敖廣舒身下拜。獻神珍之鐵棒，鳳翅之金冠，與那鎖子甲、步雲履，以禮送出。他仍弄武藝，顯神通，但云『聒噪！

〔註65〕馬書田，華夏諸神〔M〕，北京：北京燕山出版社，1990，第35頁。
〔註66〕陳建憲，玉皇大帝信仰〔M〕，北京：學苑出版社，1994，第122～123頁。

聒噪！』果然無敵，甚爲難制，臣今啓奏，伏望聖裁。懇乞天兵，
收此妖孽，庶使海岳清寧，下元安泰。奉奏。」聖帝覽畢，傳旨：「著
龍神回海，朕即遣將擒拿。」老龍王頓首謝去。（第三回）

這表明玉帝就是人間帝王的翻版：其上朝的程序，首先是要像人間帝王般「聚
集文物仙卿早朝」，然後有臣下啓奏「萬歲」，接著又是「傳旨」。簡單的一段
描寫，已經把玉帝的帝王氣象描寫得與人間一般無二。

我們再看《西遊記》對天庭的描寫：

初登上界，乍入天堂。金光萬道滾紅霓，瑞氣千條噴紫霧。只
見那南天門，碧沉沉，琉璃造就；明幌幌，寶玉妝成。兩邊擺數十
員鎮天元帥，一員員頂梁靠柱，持銑擁旄；四下列十數個金甲神人，
一個個執戟懸鞭，持刀仗劍。外廂猶可，入內驚人：裏壁廂有幾根
大柱，柱上纏繞著金鱗耀日赤鬚龍；又有幾座長橋，橋上盤旋著彩
羽凌空丹頂鳳。

明霞幌幌映天光，碧霧濛濛遮門口。這天上有三十三座天宮，
乃遣雲宮、毗沙宮、五明宮、太陽宮、花藥宮……一宮宮脊吞金穩
獸；又有七十二重寶殿，乃朝會殿、凌虛殿、寶光殿、天王殿、靈
官殿……一殿殿柱列玉麒麟。壽星臺上，有千千年不謝的名花；煉
藥爐邊，有萬萬載常青的繡草。又至那朝聖樓前，絳紗衣，星辰燦
爛；芙蓉冠，金璧輝煌。玉簪珠履，紫綬金章。金鐘撞動，三曹神
表進丹墀；天鼓鳴時，萬聖朝王參玉帝。又至那靈霄寶殿，金釘攢
玉戶，彩鳳舞朱門。

複道迴廊，處處玲瓏剔透；三簷四簇，層層龍鳳翱翔。上面有
個紫巍巍，明幌幌，圓丟丟，亮灼灼，大金葫蘆頂；下面有天妃懸
掌扇，玉女捧仙巾。惡狠狠，掌朝的天將；氣昂昂，護駕的仙卿。
正中間，琉璃盤內，放許多重重迭迭太乙丹；瑪瑙瓶中，插幾枝彎
彎曲曲珊瑚樹。正是天宮異物般般有，世上如他件件無。金闕銀鑾
並紫府，琪花瑤草暨瓊葩。朝王玉兔壇邊過，參聖金烏著底飛。猴
王有分來天境，不墮人間點污泥。（第四回）

這段文字凸顯出天宮的豪華。儘管如此，仍不脫人間之作派，比如琉璃、寶
玉、寶殿、朱門、文臣武將、妃子婢女之類，所有的一切都表明這僅僅是人
間宮廷的拷貝。中國古代的政治結構決定了古人對最高神靈的想像，玉帝正

是一位生活在天界的帝王，統領三界，威儀四方。如果再考察今天尚存的供奉玉帝的祠廟的話，就會發現所有的玉帝塑像都如出一轍：身著龍袍，頭戴十二行珠冠冕旒，手持玉笏，端坐於殿上。

玉帝的夫人王母娘娘也是中國民間信仰中的重要神祇之一。其意義不僅在於她承襲了來自遠古的西王母崇拜，更在於她確立了女性在神祇譜系當中的席位，按照中國民間的習俗成爲了最高神的配偶。

王母娘娘的原型很顯然是古書《山海經》當中的西王母，這一點在學界業已達成共識。《山海經》中關於西王母的記載如下：

> 玉山，是西王母所居也。西王母其狀如人，豹尾虎齒而善嘯，
> 蓬髮帶勝，是司天之厲及五殘。（《山海經・西山經》）

> 西王母梯幾而戴勝杖，其南有三青鳥，爲西王母取食。在崑崙
> 虛北。（《山海經・海內北經》）

> 西海之南，流沙之濱，赤水之後，黑水之前，有大山，名曰崑
> 崙之丘。有神人面虎身，有文有尾，皆白，處之。其下有弱水之淵
> 環之，其外有炎火之山，投物輒然。有人戴勝，虎齒豹尾，穴處，
> 名曰西王母，此山萬物盡有。（《山海經・大荒西經》）

西王母早期形象是十分獰獰的，「其狀如人，豹尾虎齒而善嘯，蓬髮帶勝」。讓人費解的是，這一形象又是如何轉變爲後世的美婦人形象的呢？依據部分學者的研究，「西王母」本來應該是「西王貘」。由於「母」與「貘」同音，所以當時的人就將「貘」誤以爲「母」。〔註67〕那麼「貘」究竟是何物呢？《爾雅・釋獸》曰：「貘，白豹。」郭璞注：「似熊，小頭，庳腳，黑白駁。能舐食銅鐵及竹骨。骨節強直，中實少髓，皮辟濕。或曰『豹』，白色者別名貘。」〔註68〕《山海經》中的西王母，被認爲是一個遠古民族的圖騰，其族長在史書當中也被稱爲西王母，因此便有了後來周穆王見西王母的記載。但此說近於猜測，目前尚無確切的文獻或文物證據能夠加以佐證，考古成果也未見有「貘」的形象出現。西王母之真實源起，仍有待進一步的研究。

周穆王見西王母的傳說流傳開來之後，又有更多類似的傳說出現於民間

〔註67〕 參見朱芳圃，中國古代神話與史實〔M〕，鄭州：中州書畫社，1982，第
　　　　 145～161頁。
〔註68〕 郭璞注、邢昺疏，爾雅注疏〔M〕，卷11，《十三經注疏》影印本，北京：中
　　　　 華書局，1980年。

傳說和古代文獻裏。有說堯到西方去見西王母者，有說舜時西王母曾前來獻白玉環佩者，還有說禹曾經到西王母那裡去學習過云云。而到了漢代，基於信仰系統的完善，西王母崇拜在漢代達到了一個高峰。依據現有的考古成果，漢墓中多有西王母形象之畫像石（磚），並顯示出其在漢代人的神仙觀念中居於最高神的地位，相關研究可參見姜生《漢帝國的遺產：漢鬼考》〔註69〕一書。

四川新繁出土西王母畫像磚，四川省博物館藏

大約成書於六朝時期的《漢武帝內傳》，更是將西王母說成為一個精通服食煉養長生之道的道教女仙首領：

> 到夜二更之候，忽見西南如白雲起，鬱然直來，徑趨宮庭，須史轉近。聞雲中簫鼓之聲，人馬之響。半食頃，王母至也。縣投殿

〔註69〕姜生，漢帝國的遺產：漢鬼考〔M〕，北京：科學出版社，2016。

前，有似鳥集，或駕龍虎，或乘白麟，或乘白鶴，或乘軒車，或乘天馬，群仙數千，光耀庭宇。既至，從官不復知所在，唯見王母乘紫雲之輦，駕九色斑龍，別有五十天仙，側近鸞輿，皆長丈餘，同執彩旄之節，佩金剛靈璽，戴天眞之冠，咸住殿下。王母唯扶二侍女上殿，侍女年可十六七，服青綾之褂，容眸流盼，神姿清發，眞美人也。王母上殿，東向坐，著黃裌褥，文采鮮明，光儀淑穆，帶靈飛大綬，腰佩分景之劍，頭上太華髻，戴太眞辰嬰之冠，履元璃鳳文之舄，視之可年三十許，修短得中，天姿掩藹，容顏絕世，眞靈人也。下車登床，帝跪拜，問寒暄，畢立，因呼帝共坐。帝面南，王母自設天廚，眞妙非常，豐珍上果，芳華百味，紫芝萎蕤，芬芳填標，清香之酒，非地上所有，香氣殊絕，帝不能名也。又命侍女更索桃果，須臾以玉盤盛仙桃七顆，大如鴨卵，形圓，青色，以呈王母。母以四顆與帝，三顆自食，桃味甘美，口有盈味。帝食輒，收其核。王母問帝，帝曰：「欲種之。」母曰：「此桃三千年一生實，中夏地薄，種之不生。」帝乃止。於坐上酒觴數遍，王母乃命諸侍女王子登彈八琅之璈，又命侍女董雙成吹雲和之笙，石公子擊昆庭之金，許飛瓊鼓震靈之簧，婉凌華拊五靈之石，范成君擊湘陰之磬，段安香作九天之鈞。於是眾聲澈朗，靈音駭空。又命法嬰歌玄靈之曲。歌畢，王母曰：「夫欲修身，當營其氣，《太仙眞經》所謂行『益易之道』。益者，益精；易者，易形。能益能易，名上仙籍；不益不易，不離死厄。行益易者，謂常思靈寶也。靈者，神也；寶者，精也。子但愛精握固，閉氣吞液，氣化爲血，血化爲精，精化爲神，神化爲液，液化爲骨，行之不倦，神精充溢。爲之，一年易氣，二年易血，三年易精，四年易脈，五年易髓，六年易骨，七年易筋，八年易髮，九年易形，形易則變化，變化則成道，成道則爲仙人。吐納六氣，口中甘香，欲食靈芝，存得其味，微息揖吞，從心所適。氣者，水也，無所不成，至柔之物，通致神精矣。此元始天王在丹房之中所說微言，今勑侍笈玉女李慶孫書錄之以相付，子善錄而修焉。」〔註70〕

由此可知，至少在六朝時期，西王母的形象已經基本接近現在我們所知的王

〔註70〕漢武帝內傳，文淵閣四庫全書本。

母娘娘的形象了。

　　這段文獻當中王母賜仙桃的這一個細節值得引起我們的注意，它很可能就是《西遊記》中蟠桃會的來由。《西遊記》第五回寫道：

　　　　大聖看玩多時，問土地道：「此樹有多少株數？」土地道：「有三千六百株：前面一千二百株，花微果小，三千年一熟，人吃了成仙了道，體健身輕。中間一千二百株，層花甘實，六千年一熟，人吃了霞舉飛昇，長生不老。後面一千二百株，紫紋緗核，九千年一熟，人吃了與天地齊壽，日月同庚。

　　　　一朝，王母娘娘設宴，大開寶閣，瑤池中做「蟠桃勝會」，即著那紅衣仙女、素衣仙女、青衣仙女、皂衣仙女、紫衣仙女、黃衣仙女、綠衣仙女，各頂花籃，去蟠桃園摘桃建會。

《漢武帝內傳》中桃樹「三千年一生實」的說法與《西遊記》當中的蟠桃成熟期也是一致的。此外，這裡已經把「西王母」省稱為「王母」，則後世出現「王母娘娘」的稱呼當屬於自然。

　　隨著道教的確立與興盛，西王母遂被納入道教的信仰體系之中，後世的道士更造出了西王母是元始天尊之女的神話。再隨著歷史的進一步推移和信仰的不斷演化，在民間信仰當中，王母娘娘就成為了玉皇大帝的配偶，夫妻二人共同掌管著三界事務。不過在《西遊記》當中，王母主要還是負責管理玉帝的家庭事務（比如設宴邀請眾仙）以及仙女等，充分體現了中國傳統的「男主外，女主內」的思想。

二、東方次級神祇系統的構成

　　前已言及，《西遊記》中東方的神祇譜系，相對於西方世界來說，十分龐大而複雜，有著眾多的神祇，上至天王，下至小卒。可以說，西遊系列故事通過對前代民間信仰的整合，建構起了一個中國民間信仰的骨架，使得以前散見於各處的民間神祇有了一個基本統一的譜系，並且使得這個譜系深深植根於普通民眾之心目當中，而其他散見的、未曾在此小說中露面的神祇都只能作為這個譜系的補充與完善。因此，有理由認為，明清時期乃至以後的中國民間信仰的基本譜系，在某種程度上，是由《西遊記》這部偉大的小說確立的。

　　在《西遊記》所建構的神仙譜系當中，明顯地有一條界限，根據這條界

限基本上可以對其中的神仙進行分類。這條界限也來自於非常古老的觀念，
即三界。從馬王堆漢墓出土的 T 型帛畫可以證實：至遲到西漢，三界觀念就
已經完全成型並且流行於世間了。

（長沙馬王堆漢墓出土 T 形帛畫）

這幅帛畫表現了漢代時人們信奉的天上、人間與地下世界的狀況。這種古老的觀念一直流傳下來，直到今天仍流行於民間。《西遊記》中所反映出來的三界，當然是佛教進入中國之後形成的新的「三界」觀念，但其基本的劃分還是與漢代相一致的，主要的差別在於冥界。

（1）天界

研究表明，天界信仰普遍存在於人類當中。〔註71〕中土對於天界的信仰，亦無疑在遠古時期就已經存在了。〔註72〕生活在華夏大地的原始人類想像天空中居住著超越一切的神祇，這些神祇掌控著世界的運行，對於現實的世界擁有絕對的領導權，神祇們的喜怒哀樂都會以不同的方式呈現在現實的世界當中，比如各種自然現象與自然災害的發生都與神有一定聯繫，等等。

如前所言，《西遊記》當中的天界熱鬧無比，不僅居住著數不清的神仙，還有一個仿照人間政治架構而建立的朝廷，由玉帝高居其上，統領著三界眾生。明清以後大部分民眾對於天界的想像，大抵來自於《西遊記》當中十萬天兵天將捉拿孫悟空、孫悟空大鬧天宮等場景。這些場景既單獨寫到了某些神仙，又不乏大場面的描寫，使得天界諸神一一顯露在我們面前。

《西遊記》第五回，寫玉帝差人捉拿攪亂蟠桃會的孫悟空：

> 玉帝大惱。即差四大天王，協同李天王並哪吒太子，點二十八宿、九曜星官、十二元辰、五方揭諦、四值功曹、東西星斗、南北二神、五嶽四瀆、普天星相，共十萬天兵，布一十八架天羅地網下界，去花果山圍困，定捉獲那廝處治。眾神實時興師，離了天宮。這一去，但見那：

> 黃風滾滾遮天暗，紫霧騰騰罩地昏。只爲妖猴欺上帝，致令眾聖降凡塵。四大大王，五方揭諦：四大天王權總制，五方揭諦調多兵。李托塔中軍掌號，惡哪吒前部先鋒。羅猴星爲頭檢點，計都星隨後崢嶸。太陰星精神抖擻，太陽星照耀分明。五行星偏能豪傑，九曜星最喜相爭。元辰星子午卯酉，一個個都是大力天丁。五瘟五

〔註71〕參見弗雷澤，金枝〔M〕，中國民間文藝出版社，1987；約·阿·克雷維列夫，宗教史〔M〕，北京：中國社會科學出版社，1984；中國大百科全書·宗教卷〔M〕，大百科出版社，1988。

〔註72〕有關中國原始宗教的情況，參考：朱天順，中國古代宗教初探〔M〕，北京：中華書局，1982；詹鄞鑫，神靈與祭祀——中國傳統宗教綜論〔M〕，江蘇古籍出版社，2000；何新，諸神的起源〔M〕，三聯書店，1986。

> 嶽東西擺，六丁六甲左右行。四瀆龍神分上下，二十八宿密層層。
> 角亢氐房為總領，奎婁胃昴慣翻騰。斗牛女虛危室壁，心尾箕星個
> 個能，井鬼柳星張翼軫，輪槍舞劍顯威靈。停雲降霧臨凡世，花果
> 山前紮下營。

此處涉及到的神仙已經不少，計有四大天王、托塔天王李靖、哪吒、二十八
宿、九曜星官、十二元辰、五方揭諦、四值功曹、東西星斗、南北二神、五
嶽四瀆，最後還來了普天星相，陣容可謂豪華之極。這麼多的神祇一齊出現，
令人很難分別出其地位高下，只能從字裏行間大致做出判斷。比如，四大天
王的地位明顯高於五方揭諦，因為四大天王的官職要比五方揭諦高。各個星
辰的星官，就很難分辨高下了。據小說中所述，後來與孫悟空動手的還有巨
靈神、灌口二郎真君等，這些都算武將。文官則有太上老君、太白金星等人。

當最終如來降伏孫悟空以後，玉帝設宴慶祝，又請了諸天神祇：

> 玉帝傳旨，即著雲部眾神，分頭請三清、四御、五老、六司、
> 七元、八極、九曜、十都、千真萬聖，來此赴會，同謝佛恩。又命
> 四大天師、九天仙女，大開玉京金闕、太玄寶宮、洞陽玉館，請如
> 來高坐七寶靈臺。調設各班座位，安排龍肝鳳髓，玉液蟠桃。不一
> 時，那玉清元始天尊、上清靈寶天尊、太清道德天尊、五氣真君、
> 五斗星君、三官四聖、九曜真君、左輔、右弼、天王、哪吒、元虛
> 一應靈通，對對旌旗，雙雙幡蓋，都捧著明珠異寶，壽果奇花，向
> 佛前拜獻。

這裡提到的神仙就更多了，三清、四御、五老……乃至千真萬聖。去請人的
則是雲部眾神；後文有交代，天庭有四部神祇，分別是風、雨、雲、雷四部，
就名稱上來看，應當掌管天氣變化。

小說第五回，王母娘娘舉辦的蟠桃會，也請了不少神仙：

> 請的是西天佛老、菩薩、羅漢，南方南極觀音，東方崇恩聖帝，
> 十洲三島仙翁，北方北極玄靈，中央黃極黃角大仙，這個是五方五
> 老。還有五斗星君，上八洞三清、四帝、太乙天仙等眾，中八洞玉
> 皇、九壘、海岳神仙，下八洞幽冥教主、注世地仙。各宮各殿大小
> 尊神，俱一齊赴蟠桃嘉會。

所請不只是天界神仙，還包括地仙和幽冥界的神仙。關於此二類神仙，我們
下文另加討論。

上面提到的天界神祇，真是陣容龐大，粗略計算一下，也在百位以上。以下我們擇要加以說明。

《中國大百科全書》將道教神仙分為尊神、神仙和俗神三個大的系統。尊神指主要神靈，有三清、四御，諸天帝及日月星辰、四方之神和三官大帝等。神仙指上古傳說中以及歷史上得道成仙的神靈，有廣成子、黃帝、西王母、三茅真君、八仙等。俗神指流傳於民間而為道教所供奉的神祇，有雷公、門神、財神、灶君、土地、城隍等。但是這種分類法似乎並不適合於《西遊記》以及其他民間信仰體系，在普通民眾心目當中，不存在這樣後期人為的分類，所有的神祇都混在一起，顯得混雜難辨。這正是民間信仰區別於正統宗教的明顯特徵之一。

眾所周知，三清即玉清元始天尊、上清靈寶天尊和太清道德天尊，是道教崇奉的最高神靈。太清道德天尊，一般認為就是我們熟悉的太上老君。道教最初以老子為祖師，到了兩晉南北朝之時才出現了玉清、上清和太清的稱呼。三清之中，以元始天尊為最高。《隋書‧經籍志》曰：「《道經》者云：有元始天尊生於太元之先，稟自然之氣，沖虛凝遠，莫知其極，所以說天地淪壞，劫數終盡，略與佛經同。以為天尊之體常存不滅，每至天地初開，或在玉京之上，或在窮桑之野，授以祕道，謂之開劫度人，然其開劫非一度矣，故有延康、赤明、龍漢、開皇是其年號，其間相去經四十一億萬載，所度皆諸天仙，上品有太上老君、太上丈人、天真皇人、五方天帝及諸仙官，轉共承受，世人莫之豫也。所說之經，亦稟元一之氣，自然而有，非所造為，亦與天尊常存不滅，天地不壞，則蘊而莫傳，劫運若開，其文自見。凡八字，盡道體之奧，謂之天書，字方一丈，八角垂芒，光輝照耀，驚心眩目，雖諸天仙不能省視。」〔註73〕而《說郛》引葛洪《枕中書》曰：「昔二儀未分，溟涬鴻蒙，未有成形，天地日月未具，狀如雞子，混沌玄黃，已有盤古真人，天地之精，自號『元始天王』，遊乎其中，溟涬經四劫。天形如巨蓋，上無所繫，下無所依，天地之外，遼屬無端，玄玄太空，無響無聲，元氣浩浩，如水之形，下無山嶽，上無列星，積氣堅剛，大柔服維，天地浮其中，展轉無方，若無此氣，天地不生。天者如龍，旋回雲中，復經四劫，二儀始分，相去三萬六千里，崖石出血成水，水生元蟲，元蟲生濱牽，濱牽生剛須，剛須生龍。元始天王在天中心之上，名曰玉京山，山中宮殿並金玉飾之，常仰吸

〔註73〕魏徵等，隋書〔M〕，北京：中華書局，1973，卷35。

天氣，俯飲地泉。」〔註74〕這兩段記載都說明，元始天尊生於天地混沌未分之時，而這個時間對於信奉道教的人來說，是一個非常重要的神聖時間〔註75〕，因其神聖，從而獲得了無上的地位。需要注意的是，這裡面直接引用了佛教的時間概念「劫」，從中可以窺見佛教理論的影子，佛教對中國信仰建構的影響力可見一斑。並且《枕中書》還將這位始天尊與中國的上古神祇盤古聯繫在了一起，說元始天王乃盤古眞人的自號，這恐怕是葛洪安在盤古身上的名頭吧。

　　靈寶天尊，原稱「上清高聖太上玉晨元皇大道君」。唐時亦稱「太上大道君」，宋時起才稱「靈寶君」或「靈寶天尊」。《雲笈七籤》卷八載：「上清高聖太上大道君者，蓋二晨之精氣，慶雲之紫煙，玉暉輝煥，金映流眞，結化含秀，苞凝玄神，寄胎母氏，育形爲人，諱□天眞，字開元。母姙三千七百年乃誕於西那天郁察山浮羅岳丹玄之阿，於是受書玉虛，眺景上清，位爲太上高聖玉晨大道君。」〔註76〕儘管靈寶天尊依然如元始天尊般具備不凡的出生，但實際上其作用並不明顯，在元始天尊和太上老君之間，靈寶天尊更像是一位湊數的神仙，以配合道教對神秘數字「三」的崇拜。

　　道德天尊，也稱太上老君，就是我們熟悉的老子。依據前引《隋書·經籍志》的說法，太上老君由元始天尊所度化。老子在漢代即被奉爲尊神，被漢代人視作道的化身。〔註77〕《老子銘》稱「老子離合於混沌之氣，與三光爲終始」，「道成身化，蟬蛻渡世，自□農叭來，爲聖者作師。」〔註78〕早期道教奉老子爲教祖，以《老子》五千言爲經典。北魏時，出現「太上老君」之稱，但在眾神中的地位，升浮不一。唐初起，以李姓帝王與老子李耳同姓，崇奉太上老君，累加尊號，全國各地立廟奉祀，達到至尊極盛。唐代「三清」之說出來後，老君遂成爲三位最高尊神之一。到了宋代張君房《雲笈七籤》中，太上老君的出生來歷就成了這樣：

〔註74〕陶宗儀編，說郛〔M〕，說郛三種〔M〕，上海：上海古籍出版社，1988 年，卷 7 下。

〔註75〕〔美〕米爾恰·伊利亞德《神聖與世俗》：「對於一個宗教徒來說，對時間的認識與他對空間的認識相似。他認爲時間既不是均質的也不是綿延不斷的。一方面，在時間長河中存在著神聖時間的間隔，存在著節日的時間；另一方面，也存在著世俗的時間，普通的時間持續。」「諸神在他們創世偉業的時期所創造並給予化的正是這種時間。」詳參其書第二章《神聖時間與神話》。

〔註76〕（宋）張君房編，雲笈七籤〔M〕，北京：中華書局，2004，卷 8。

〔註77〕參見姜生，漢帝國的遺產：漢鬼考〔M〕，北京：科學出版社，2016。

〔註78〕老子銘，引自《隸釋》卷 3，文淵閣四庫全書本。

太上老君者，混元皇帝也，乃生於無始，起於無因，爲萬道之先，元氣之祖也。蓋無光、無象、無音、無聲、無宗、無緒，幽幽冥冥，其中有精，其精甚眞，彌綸無外，故稱大道焉。夫道者，自然之極尊也，於幽無之中而生空洞焉。空洞者，眞一也，眞一者，不有不無也。從此一氣化生後九十九萬億九十九萬歲乃化生上三氣，三氣各相去九十九萬億九十九萬歲，三合成德，共生無上也。自無上生後九十九萬億九十九萬歲乃化生中三氣，三氣各相去九十九萬億九十九萬歲，三合成德，共生玄老也。自玄老生後九十九萬億九十九萬歲乃化生下三氣，三氣各相去九十九萬億九十九萬歲，三合成德，共生太上也。自太上生後復八十一萬億八十一萬歲乃生一氣，一氣生後復八十一萬億八十一萬歲乃生前三氣，三氣各相去八十一萬億八十一萬歲，三合成德，共生老君焉。老君生後八十一萬億八十一萬歲化生一氣，一氣生後八十一萬億八十一萬歲化生後三氣，三氣又化生玄妙玉女，玉女生後八十一萬億八十一萬歲，三氣混沌凝結，變化五色玄黃，大如彈丸，入玄妙口中，玄妙因吞之，八十一年乃從左腋而生，生而白首，故號爲「老子」。老子者，老君也，此即道之身也，元氣之祖宗，天地之根本也。〔註79〕

從這段文獻我們可以看到，太上老君是怎樣與春秋時期的哲人老子聯繫在一起的：老子其實是由精氣化生的；「從左腋而生」的說法，明顯是參照了釋迦牟尼的誕生經歷而製造出來。〔註80〕同時，這一段文字應當就是《封神演義》所謂一氣化三清的來源：儘管具體細節與《封神演義》有著很大的不同，但仍然可以看出二者的基本情節的一致性，《封神演義》當是根據需要做了一定的改動。在《封神演義》當中，老子是元始天尊和通天教主的師兄；所謂一氣化三清，指老子的元氣分別化生爲太清、玉清、上清三位道人，與通天教主大戰。這明顯與道教三清的傳說大不相同，應當屬於《封神演義》的編撰，當然，也不排除源於民間傳說的可能。至於《西遊記》中的太上老君，其地位則明顯地不如其在道教中那麼高：太上老君似乎僅僅是一位熱衷於煉丹的

〔註79〕（宋）張君房編，雲笈七籤〔M〕，卷102。
〔註80〕修行本起經，卷一〈菩薩降身品〉：「到四月七日，夫人出遊，過流民樹下，眾花開化。明星出時，夫人攀樹枝，便從右脅生，墮地，行七步，舉手而言：『天上天下，唯我爲尊。三界皆苦，吾當安之。』」。

仙人；吳承恩還安排太上老君住在三十三天之上的離恨天，其住宅叫做「兜率宮」。「三十三天」和「兜率」這兩個語詞都來自於佛教，三十三天也稱忉利天，是佛教欲界六天之第二天；而兜率天則是欲界六天之第四天。由於先有道教直接搬用佛教的這些概念，才出現了《西遊記》中如此這般的安排。

在《西遊記》的天界諸神當中，出場次數較多的還有四大天王、李天王父子、太白金星，以及二十八宿等星宿神祇。

四大天王出現在東方神祇世界中，頗引人注目。四大天王本來是佛教的神祇，指在欲界護持佛法的四位天王，即東方持國天王、南方增長天王、西方廣目天王和北方多聞天王。又稱護世四大天王、護世天。為六欲天之「四天王天」之天主。居須彌山腰四方。率部屬守護佛土、護持佛法。東方持國天王，名多羅吒（梵 Dhṛtarā ṣtra），身白色，穿甲冑，手持琵琶，住賢上城，率領乾闥婆、富單那二部鬼眾守護東洲兼及餘洲。南方增長天王，名毗琉璃（梵 Virū dhaka），身青色，穿甲冑，手握寶劍，住善見城，率領鳩盤荼、薜荔多二部鬼眾守護南洲兼及餘洲。西方廣目天王，名毗留博叉（梵 Virūpāksa），身白色，穿甲冑，手中纏繞一龍，住周羅善見城，統率龍、毗捨闍二部鬼眾守護西洲兼及餘洲。北方多聞天王，名毗沙門（梵 Vaiśravaṇa），身綠色，穿甲冑，右手持寶傘，左手持銀鼠，有可畏、天敬、眾歸三城，率夜叉、羅剎二部鬼眾守護北洲兼及餘洲。很顯然，四大天王並非中國本土神祇，甚至道教也沒有吸納四大天王，而吳承恩把四大天王視為玉皇大帝的神將，表明了一個事實：至少在明代以前，四大天王已經被普通民眾列入中國的神祇範圍之內，已然徹底中國化。

除了四大天王來自佛教之外，托塔天王李靖和其子哪吒的身份和來歷也與佛教有著莫大關係。《西遊記》和《封神演義》均寫到了這些神祇，其中尤以《封神演義》為詳，故此處暫且存而不論，後文論及《封神演義》的神祇譜系時再作詳細之探討研究。

相對於四大天王及哪吒父子來說，太白金星則完全屬於本土的神祇。太白金星本星宿神祇之一。《西遊記》當中提到的星宿神祇有九曜星官、二十八宿、十二元辰、東西星斗等。古代中國人信仰萬物有靈，宇宙間的一切都有支配，因此，天上的每一顆星宿自然也都住著一位掌管它的神祇，這便是星宿神祇的來歷。實際上，太白星即我們現在所說的金星，又被稱為啟明星、長庚星。《爾雅》：「明星謂之啟明。」郭璞注：「太白星也，晨見東方為啟明，

昏見西方爲太白。」〔註81〕《詩經・小雅・大東》：「東有啓明，西有長庚。」
朱熹注：「啓明、長庚皆金星也，以其先日而出，故謂之啓明，以其後日而入，
故謂之長庚。蓋金、水二星常附日行，而或先或後，但金大水小，故獨以金
星爲言也。」〔註82〕我們所熟知的五大行星就是古代人所說的五曜，金星便
是五曜之一，其他四曜分別是水、火、土、木。五曜在古代分別被稱爲北方
辰星（水星）、南方熒惑（火星）、中央鎭星（土星）、西方太白（金星）、東
方歲星（木星）。五曜加上日、月二星，合稱七曜。至於九曜的說法，則有兩
種：一種是中國自古以來的說法，即北斗七星加上其輔佐的二星爲九曜；一
種則是依據梵曆而來，分別爲日曜（梵 Aditya）、月曜（梵 Soma）、火曜
（梵 Aṇgāraka）、水曜（梵 Budha）、木曜（梵 Vṛhaspati）、金曜（梵
Śukra）、土曜（梵 Śanaiścara）、羅侯（梵 Rāhu）、計都（梵 Ketu）。
羅侯即黃幡星，又稱蝕神，逢日月即蝕。計都即彗星，又稱豹尾星，爲蝕神
之尾。《西遊記》當中的九曜星官包括了計都、羅猴，那麼應當是指後一種說
法，即梵曆九曜。

　　《史記・天官書》曰：「水、火、金、木、塡星，此五星者，天之五佐。」
〔註83〕已經表現出將五曜人格化的傾向了。金星在我國早期的信仰當中，以
女性形象出現，《梵天火羅九曜》卷一曰：「是太白星，西方金精也，其星一
名太白，一名長庚，一名那頡。……形如女人，頭戴首冠，白練衣，彈弦。」
〔註84〕

　　而在道教典籍《上清十一大曜燈儀》中，太白星同樣是女性形象的：「測
金衡而瞻太白，主大臣而號上公。……常御四絃之樂，旁觀五德之禽。專浩
氣之清英，儼眞容之光麗。……太白凌清漢，騰霜耀素英。亭亭浮瑞彩，皎
皎盛長庚。鋒高能禦寇，色潤每降兵。推窮符曆數，合道與長生。」〔註85〕
但是，上述形象在民間的影響並不大，反而是《西遊記》中的太白金星形象
深入人心。吳承恩將太白金星寫作一個男性老人的形象，並稱其名字叫做李
長庚，其職責似乎總是替玉帝宣旨，如前兩次給孫悟空宣旨，後來又給李天
王宣旨。

〔註81〕爾雅注疏〔M〕，卷 5。
〔註82〕朱熹，詩經集傳〔M〕，上海：上海古籍出版社，1987，卷 5。
〔註83〕司馬遷，史記〔M〕，北京：中華書局，1982，卷 27。
〔註84〕僧一行修述，梵天火羅九曜，大正藏 T.21, no. 1311, p. 460，b16～20。
〔註85〕上清十一大曜燈儀，正統道藏，洞眞部威儀類。

（《梵天火羅九曜》中所繪太白星圖）

　　除太白金星外，《西遊記》中還經常提到二十八宿。我國古人將天空中可
見的星分爲二十八組，稱做二十八宿。東西南北四方各七宿。東方蒼龍七宿，
即角、亢、氐、房、心、尾、箕；北方玄武七宿，即斗、牛、女、虛、危、
室、壁；西方白虎七宿，即奎、婁、胃、昴、畢、觜、參；南方朱雀七宿，
即井、鬼、柳、星、張、翼、軫。《西遊記》中，每一個星宿都對應一個神祇，
並且都跟動物聯繫在一起：角木蛟、亢金龍、女土蝠、房日兔、心月狐、尾
火虎、箕水豹、斗木獬、牛金牛、氐土貉、虛日鼠、危月燕、室火豬、壁水
獝、奎木狼、婁金狗、胃土彘、昴日雞、畢月烏、觜火猴、參水猿、井木犴、
鬼金羊、柳土獐、星日馬、張月鹿、翼火蛇、軫水蚓〔註86〕。這種星宿與動
物的對應關係，可能源於道教的演禽派，以此來推演命運，預測吉凶，道教
這一派別的《演禽通纂》《禽星易見》《三世演禽》等，就寫到了動物與星宿
的聯繫。有傳說曰，這種關係的確立者是唐代的袁天罡；後來這種對應法逐
漸流行於民間，於是被《西遊記》等小說所採用。〔註87〕

〔註86〕參見《西遊記》第六十五回〈妖邪假設小雷音　四眾皆遭大厄難〉．
〔註87〕對於星宿與動物的對應源起，至今尚無權威之論斷，有學者以爲這種學說實
　　　　際上是源於梵學的，因爲梵學之中亦有二十八宿之說法，國外學界對此也莫
　　　　衷一是，據日人高楠順次郎（Takakusu Junjirō）所述，印度、中國、波斯、
　　　　阿拉伯、埃及等地古來已傳二十八宿名。高楠氏又依據德國學者韋伯（Weber）
　　　　及美國惠特尼（Whitney）所說，指出此星術係起源於巴比倫，大約在公元前
　　　　八百年左右，傳入印度。

　　《西遊記》還曾提到的天界神祇有四值功曹、六丁六甲、五方揭諦等，就其在小說中的地位來看，都是地位較低的小神。

　　四值功曹，是道教信奉的值年、值月、值日、值時的四位神祇。功曹本爲漢代官名，漢代郡守有功曹史，簡稱功曹，其職責是記錄下屬官員的功勞等。道教中的功曹的職責大體與此相似，即記錄人行事的功過，以作獎懲的依據。除了《西遊記》外，同時期的小說中也經常看到四值功曹的身影。比如《金瓶梅》寫到黃眞人煉度薦亡時，齋壇上「金童揚煙，玉女散花，執幢捧節。監壇神將，三界符使，四直功曹，城隍社令，土地祇迎，無不畢陳」〔註 88〕。功曹信仰的流程，與宋代以來功過格、勸善思想的流行有極大的關係。

　　六丁六甲也是道教的常見神祇，包括十二位神：六丁：丁卯、丁巳、丁未、丁酉、丁亥、丁丑；六甲：甲子、甲戌、甲申、甲午、甲辰、甲寅。道教認爲，六丁爲陰神，六甲爲陽神，本爲天帝所役使，道士則可用符籙召請，以供驅使。六丁六甲的起源很早，早在漢代的時候就有方士用六丁之法占夢。《後漢書・梁節王傳》：「（王）數有惡夢，從官卞忌自言能使六丁，善占夢。」〔註 89〕到了後來，道經之中出現了《靈寶六丁秘法》和《上清六甲祈禱秘法》，於是驅使六丁六甲便成爲道士的常用法術之一。六丁六甲的影響之巨，在明代其他小說中，亦可見到，如《三國演義》中寫諸葛亮「善會八門遁甲，能驅六丁六甲之神」〔註 90〕。

　　五方揭諦的來歷前文已述及。至於是哪五方揭諦，《西遊記》並未明言，只是在第六十五回寫到了「金頭揭諦」和「銀頭揭諦」，其他三位就沒有寫了。其地位與四隻功曹、六丁六甲差不多，都屬於小神，供其他地位較高的神祇差遣驅使用。

（2）人間界〔註 91〕

　　《西遊記》當中寫到的人間界神祇並不多，著墨較多的有灌口二郎眞君、四海龍王、五莊觀的主人鎮元大仙等。

〔註 88〕（明）蘭陵笑笑生，金瓶梅詞話〔M〕，北京：人民文學出版社，2000，第六十六回。

〔註 89〕（南朝）范曄，後漢書〔M〕，北京：中華書局，1965 年，卷八十。

〔註 90〕（明）羅貫中，三國演義〔M〕，北京：人民文學出版社，1998 年，第一百零一回。

〔註 91〕指與天界相對的、世俗之人生活的下界，在某些地方，也被稱爲「地界」。

　　關於灌口二郎眞君的來歷，學界已多有探討，如趙杏根《中國百神全書
——民間神靈源流》一書便辟專章介紹〔註92〕，焦杰《灌口二郎神的演變》〔註
93〕、李耀仙《二郎神考》〔註94〕等文章也對此問題進行了研究，此處不贅引。
大致而言，對於二郎神的崇拜古已有之，但二郎神的原型爲誰則眾說不一，
有以秦代李冰之第二子爲二郎者，有以隋代嘉州太守趙昱爲二郎者，等等。
也有學者認爲，二郎神的原型與祆教有莫大關係。在《西遊記》及《封神演
義》成書之後，又出現了楊姓的二郎神，《封神演義》更是直言其名姓爲楊戩。
民間對此神的崇祀則上述幾種均有之，並不去深究其中的矛盾之處。總之，
二郎神的聲譽在《西遊記》和《封神演義》流行之後或多或少地得到了增強，
到了今天，民眾所熟知的二郎神形象大部分都來自於這兩部小說。

　　我國古代對於龍王的信仰可謂相當普及，上至皇室宗親，下及黎民百姓，
並皆有之。龍王的職能主要是興雲布雨，以解決各地的乾旱問題。舊時龍王
廟遍佈城鄉，僅以北京爲例，城內就有龍王廟二十多座，甚至在頤和園昆明
湖中，也有龍王廟，可見其信仰之深入人心。究其根源，我國對龍的信仰早
在上古時期就已經存在了，《山海經‧大荒東經》曰：「大荒東北隅中有山，
名曰凶犁土丘，應龍處南極，殺蚩尤與夸父，不得復上，故下數旱。旱而爲
應龍之狀，乃得大雨。」郭璞注曰：「應龍，龍有翼者也。」〔註95〕說明古人
早期對龍的信仰裏面已經具備祈雨的成分了。後世的龍則生活在海裏，爲大
海之王。這一觀念的形成，當是受到佛教的影響而產生的。龍王，梵語
nāgarājah，音譯那伽羅惹。爲龍中威德特勝者，係對其眷屬而稱爲王。
傳說釋尊誕生時，有難陀、跋難陀二龍王爲其灌沐。《長阿含經》卷十八《轉
輪聖王品》：「轉輪聖王治於世時，阿耨達龍王於中夜後起大密雲，彌滿世界
而降大雨。」〔註96〕又《華嚴經》卷三十四《寶王如來性起品》曰：「譬如阿
耨達龍王，興大重雲，滿閻浮提普降大雨，百穀草木皆悉滋長，江河池泉一
切盈滿。……譬如摩那斯龍王，將欲降雨，先興重雲，彌覆虛空，凝停七日
而未降雨，……過七日已，漸降微雨普潤大地。……譬如海中有大龍王，名

〔註92〕參見趙杏根，中國百神全書——民間神靈源流〔M〕，南海出版公司，1993：
　　　　252～258。
〔註93〕焦杰，灌口二郎神的演變〔J〕，四川大學學報（哲學社會科學版），1998（03）。
〔註94〕李耀仙，二郎神考〔J〕，四川師範學院學報（哲學社會科學版），1998（01）。
〔註95〕袁珂，山海經校注〔M〕，成都：巴蜀書社，1996，卷14。
〔註96〕長阿含經，卷18〈轉輪聖王品〉，大正藏 T.01, no. 1, p. 121，a12～14。

大莊嚴，或連雨十日，或二十日，或百日，或千日，或百千日。」〔註97〕晉代竺法護更譯出一部《佛說海龍王經》，講述佛在靈鷲山說法時，海龍王率眾來聽法，生歡喜心，禮請佛至海底龍宮，佛坐獅子座上，宣說妙法，化導龍眾事。此後，中國民間逐漸以龍王爲司雨之神。《西遊記》當中的四海龍王顯然是源於民間信仰，但卻又各自具有了姓名，即東海龍王敖廣、南海龍王敖欽、西海龍王敖閏和北海龍王敖順。《封神演義》當中的龍王姓名也與此差別不大（敖光、敖順、敖明、敖吉），這說明四海龍王的姓名很可能早在二書撰寫之前已經在民間確立與流傳，只是究竟始於何時尚有待考證罷了。

　　《西遊記》中的地仙鎮元大仙，純屬作者創制，並非來自民間或宗教信仰，並且對民間信仰也無甚影響，故存而不論。

　　《西遊記》中的人間界神祇還有城隍、土地、山神、社令等，皆是小神，基本上處於最底層，從山神、土地等常常受妖魔鬼怪的欺壓這一點就可以看出來。

　　這裡想著重討論一下城隍神。儘管城隍神在小說中也基本沒起到甚麼作用，但其在現實生活中則非常重要，明代同期及以後的多部小說當中亦有反映。目前學界已有的研究成果，大陸學界的專著有鄭土有、王賢淼《中國城隍信仰》〔註98〕、王永謙《土地與城隍信仰》〔註99〕和郝鐵川《灶王爺、土地爺、城隍爺——中國民間神研究》〔註100〕，論文有張澤洪《城隍神及其信仰》〔註101〕、顏亞玉《城隍祭起源與城隍原型探析》〔註102〕等。《中國城隍信仰》一書較爲詳盡地考述了城隍的神格與職能、歷史演變、城隍信仰在不同歷史時期的特點以及地位等問題。《土地與城隍信仰》論述了城隍的起源、發展與興盛。《灶王爺、土地爺、城隍爺——中國民間神研究》則著重考察了城隍神的出來、職權，以及與佛、道二教之間的關係。張澤洪《城隍神及其信仰》的側重點也在於考察城隍神的起源、職掌以及與道教關係方面。顏亞

〔註97〕大方廣佛華嚴經，卷34〈寶王如來性起品〉，大正藏 T.09, no. 278, p. 619，c21～p，620，a15。

〔註98〕鄭土有、王賢淼，中國城隍信仰〔M〕，上海：上海三聯書店，1994。

〔註99〕王永謙，土地與城隍信仰〔M〕，北京：學苑出版社，1994。

〔註100〕郝鐵川，灶王爺、土地爺、城隍爺——中國民間神研究〔M〕，上海：上海古籍出版社，2003。

〔註101〕張澤洪，城隍神及其信仰〔J〕，世界宗教研究，1995（1）：109～116。

〔註102〕顏亞玉，城隍祭起源與城隍原型探析〔J〕，吉林大學社會科學學報，1999（2）：87～92。

玉《城隍祭起源與城隍原型探析》則著重探討了祝融即城隍神原型的問題。
臺灣學界比較系統的研究有如下幾篇學位論文：王琰玲《城隍故事研究》〔註
103〕、凌淑菀《臺灣城隍信仰的建立與發展（1683～1945）》〔註104〕、楊天厚
《金門城隍信仰研究》〔註105〕、孟文筠《明代以來城隍故事與信仰》〔註106〕。
上列幾篇論文有一個共同之處，都有專門部分來論述城隍神信仰的緣起與發
展，並對於目前學界的各種不同看法進行歸納總結，且提出了自己的看法。
其中王琰玲《城隍故事研究》和楊天厚《金門城隍信仰研究》一文，都將歷
代筆記、雜錄中的城隍神故事加以搜括，歸納爲幾種類型，分別列出，再對
城隍的職能、形象等進行探討。外國學術界也有部分成果，如：日本學者濱
島敦俊《明清江南城隍考》〔註107〕、《明清江南城隍考・補考》〔註108〕、《朱
元璋政權城隍改制考》〔註109〕三文，英國學者 Stephan Feuchtwang（王斯福）
《學宮與城隍》〔註110〕等，多從國家政治體制等方面進行研究。

　　鑒於學界對後期城隍神信仰的研究已經達致一定的高度，此處我們只對
早期城隍神的發展狀況做一些補充與檢討。

　　儘管已經有多位學者對於城隍神的緣起作出了自己的考察，然而由於上
古時期文獻資料的闕失，我們仍然難以得到一個篤定的結論，因此對於城隍
神的原型，至今仍有多種看法。最具代表性的是八蜡水庸說和土地社神發展
說。前者認爲城隍神的最初形態就是遠古的八蜡祭祀中的「水庸」祭，爾後
丁山又進一步推衍，認爲「祝融之原始神格，爲水庸，爲城隍」〔註111〕，因
而把祝融作爲城隍神的原初形態。後者則認爲城隍神信仰是土地社神在城市

〔註103〕王琰玲，城隍故事研究〔D〕，臺灣中國文化大學中文所碩士論文，1994。
〔註104〕凌淑菀，臺灣城隍信仰的建立與發展（1683～1945）〔D〕，臺灣中正大學歷
　　　　史研究所碩士論文，2003。
〔註105〕楊天厚，金門城隍信仰研究〔D〕，臺灣中山大學中國文學系碩士論文，2003。
〔註106〕孟文筠，明代以來城隍故事與信仰〔D〕，臺灣花蓮師範學院民間文學研究所
　　　　碩士論文，2004。
〔註107〕〔日〕濱島敦俊，明清江南城隍考〔A〕，唐史研究會編，中國城市的歷史研
　　　　究〔C〕，第4集，1988。
〔註108〕〔日〕濱島敦俊，明清江南城隍考・補考〔A〕，唐史研究會編，中國的城市
　　　　和農村〔C〕，1992。
〔註109〕〔日〕濱島敦俊，朱元璋政權城隍改制考〔J〕，史學集刊，1995（4）：4～11。
〔註110〕〔英〕Stephan Feuchtwang，學宮與城隍〔A〕，〔美〕施堅雅，中華帝國晚期
　　　　的城市〔C〕，北京：中華書局，2000：708。
〔註111〕丁山，中國古代宗教與神話考〔M〕，上海：上海文藝出版社，1988：58。

出現之後的變體，原本守護鄉村的社神，在城市興起之後，理所當然地會轉變爲守護城市的神祇。

這兩種說法都把城隍神的起源一直推衍到了上古時代。應當說，學者們的推論主要是在討論城隍神的原型問題。而就這個問題來說，米爾恰‧伊利亞德（Mircea Eliade）關於「神聖空間」的理論〔註112〕當值得重視。他認爲，「在居住地和城市所修建的防禦工事在開始時是具有魔幻般的不可思議的作用的。因爲這些防禦工事諸如壕溝、迷宮、堡壘等等其本初的目的與其說是爲了抵防敵人的入侵，不如說是爲了防禦惡魔和亡靈的入侵」〔註113〕。這些被獻祭的防禦工事，最終被人格化成爲了神，實際上充當了對城市這個神聖空間的守衛之神。我們認爲，這類守護神的職能應當與鄉村的社神、城市的城隍神等是相近的。

然而推論畢竟只是推論，從上古直到漢代，我們並沒有發現任何文獻明確提出或者記載了「城隍神」。目前能夠見到的有關「城隍神」的文獻，最早的是《南史》和《北齊書》。《南史》卷五十三：

> 大寶元年，（蕭綸）至郢州，刺史南平王恪讓州於綸，綸不受。乃上綸爲假黃鉞、都督中外諸軍事。綸於是置百官，改聽事爲正陽殿，內外齋省悉題署焉。而數有變怪，祭城隍神，將烹牛，有赤蛇繞牛口出。南浦施安幄帳，無何風起，飄沒於江。〔註114〕

《北齊書》卷二十：

> 天保初，（慕容儼）除開府儀同三司。六年，梁司徒陸法和、儀同宋蒨等率其部下以郢州城內附。時清河王岳帥師江上，乃集諸軍議曰：「城在江外，人情尚梗，必須才略兼濟，忠勇過人，可受此寄耳。」眾咸共推儼。岳以爲然，遂遣鎭郢城。始入，便爲梁大都督侯瑱、任約率水陸軍奄至城下。儼隨方禦備，瑱等不能克。又於上流鸚鵡洲上造荻洪竟數里，以塞船路。人信阻絕，城守孤懸，眾情危懼。儼導以忠義，又悅以安之。城中先有神祠一所，俗號城隍神，公私每有祈禱。於是順士卒之心，乃相率祈請，冀獲冥祐。須臾，冲風歘起，驚濤湧激，漂斷荻洪。約復以鐵鎖連治，防禦彌切。

〔註112〕參見〔美〕米爾恰‧伊利亞德，神聖與世俗〔M〕，第一章〈神聖空間與世界的神秘化〉，王建光譯，北京：華夏出版社，2002。

〔註113〕神聖與世俗〔M〕，第20頁。

〔註114〕（唐）李延壽，南史〔M〕，北京：中華書局，1975，卷53。

> 儼還共祈請，風浪夜驚，復以斷絕，如此者再三。城人大喜，以為
> 神功。〔註115〕

關於城隍神信仰眞正確立的年代，《道藏》中有道經對此有較為明確的說法。
據《太玄金鎖流珠引》卷二十五「發諸色符牒牒遠州收為崇神鬼邪精法」條
注文：

> 上古有天神地祇，無社廟。中古有左社右稷，亦無社廟。入漢
> 魏晉宋已來，便有社稷神官。更入齊梁陳隋，即有城隍神官。後聖
> 君勅下，為考召法師所管，呼為廟直符，所由城隍神官管佐，助考
> 召之法，行符送牒，遞過本界，以法相承，如州縣相順，以斷奸非，
> 城隍社廟相送，以捉妖崇，此是上天大道，養人鑠鬼之術，驅龍使
> 神之法，本起上天宮闕，後聖應代，告授有道之志人。〔註116〕

按《中華道教大辭典》：「太玄金鎖流珠引，原題唐李淳風注並序。然唐
宋公私書目皆無著錄，疑為宋元道士之作。」〔註117〕即便是宋元道士之作，
此段亦是關於城隍神信仰確立情況的早期記載之一，再結合我們目前掌握的
文獻資料來看，其可靠程度是頗高的。因此，可推定城隍神信仰實際成型於
南朝時期，至晚在 6 世紀中葉之前，城隍神信仰已然成型，而要對其具體年
代進行追溯，則需要更多的文獻及文物資料予以佐證。

透過上引文獻可以發現，三處最早出現「城隍神」之名的文獻都與郢州
（今湖北武昌）相關，這一點值得引起我們的足夠重視，即或城隍神信仰最
早不一定成型於郢州，但其早期發展顯然與郢州地域有著緊密的聯繫，而更
大的可能則是郢州及其周邊一帶地域是城隍神信仰眞正成型的地域。並且，
其出現的時間段也非常接近，大寶元年和天保元年都是同一年，即公元 550
年；只是《南史》記載的這個事件稍早一些而已。城隍神雖然在某些地方已
經是官員祭祀禱告的對象，但「俗號城隍神」又顯示出城隍神仍然屬於一種
民間的信仰。另外，這裡對城隍神的祈求的確跟「水」和保護城市相關，而
且城隍神最終顯示出了「神力」，甚至連鐵鎖都數次被大水沖斷，表明城隍神
信仰的最初形態確實跟水庸祭祀相關。「先有神祠一所」顯示，城隍神祭祀至
少在公元 6 世紀中葉以前已經出現，但是其是否如《中國城隍信仰》所言在

〔註115〕（唐）李百藥，北齊書〔M〕，北京：中華書局，1972，卷 20。
〔註116〕太玄金鎖流珠引，卷 25.《中華道藏》第 33 冊，北京：華夏出版社，2004，
　　　　 p.144。
〔註117〕胡孚琛主編，中華道教大辭典〔Z〕，北京：中國社會科學出版社，1995，p.403。

漢代已經出現並有一定發展〔註118〕，仍然難以斷言。此書作出這一判斷，依據的是後世城隍神的崇拜多由漢代名臣名將充當，遂由此斷言漢代名臣名將「經過幾百年的歷史滄桑、風雲變化，已逐漸被人們淡忘……城隍神是普通民眾所塑造的，因此，漢初名人不可能到隋唐時期才被人們奉爲城隍神」〔註119〕，又引用了明嘉靖《建陽縣志》卷六《重建城隍廟記》中的一段話來證明漢代已經出現了城隍神祭祀。作者顯然低估了民眾對於歷史事件和人物的記憶能力，對於「普通民眾」的界定也有值得商榷的地方，因爲在任何一個朝代，下層民眾中從來不乏具備各種知識的人物；另外，城隍神的充當者多爲漢代人物，恐怕在某個層面上講緣於漢帝國的大一統以及長期的和平所造就的民眾記憶中的「太平盛世」印象吧。並且，從信仰心理這個層面來講，來自於古代的崇拜對象由於遠遠地脫離了當前現實，其事蹟更具備神性，而近世人物由於傳世之事頗多，神性的色彩則明顯地遜於古代人物。

城隍神信仰在南北朝時期已經存在，另有陳朝釋慧思《受菩薩戒儀》可證之：

> 一心奉請某州境內五嶽四瀆、幽明水陸、城隍社廟一切神祇，
> 並願承三寶力，普降道場，同沾戒善，證明功德。〔註120〕

慧思爲南朝著名僧人，被後世尊爲天台宗二祖，天台智顗即其弟子。他一生輾轉於南朝各地弘法，定慧雙修，致力於南北佛教思想之融通。慧思《立誓願文》自敘生平有言：

> 是末法一百二十年，淮南郢州刺史劉懷寶共遊郢州山中，喚出
> 講摩訶衍義。〔註121〕

這裡講「末法一百二十年」，按照其前文的寫作時間計算，當爲公元553年，跟上列《南史》《北齊書》中所載事蹟的發生時間非常接近，可以說在同一時間段。而慧思曾在郢州停留的記載，又說明他很有可能在這段時間瞭解到了當地的信仰狀況，並在弘法的時候對其進行有意的整合和利用，以獲得更廣大信眾的認同。由此可以看出，城隍神不僅在南北朝時期已經出現，而且業已引起佛教界的注意，甚至被納入了受戒時候的祈請對象之中。這一方面說明佛教在本土化的過程中對本土民間信仰的有意識的整合，另一方面則說明

〔註118〕參見鄭土有、王賢淼，中國城隍信仰〔M〕，p.75～93。
〔註119〕鄭土有、王賢淼，中國城隍信仰〔M〕，p.84。
〔註120〕釋慧思，受菩薩戒儀〔M〕，卍續藏59冊，no. 1085, p. 351，a21～23。
〔註121〕釋慧思，南嶽思大禪師立誓願文〔Z〕，大正藏46冊，no. 1933, p. 787，b6～7。

當時人民認為城隍神與「社廟」神祇的性質相類似。城隍與社廟神祇相對舉，
表明城隍神由社神發展而來的說法是很有道理的。民間的推崇、佛教界的認
可，再加上官方的祭拜，無疑會進一步擴大城隍神信仰的影響力，促進其快
速發展，因此在此後的百餘年間，城隍神的信仰地域不斷擴大，獲得了廣大
南方民眾的祭祀。

關於城隍神的起源地域，唐李陽冰在其《縉雲縣城隍神記》一文中說：「城
隍神祀典無之，吳越有之，風俗水旱疾疫，必禱焉。」〔註122〕認為城隍神的
祭祀出現於吳越。而最早有關城隍神的記載都直接或間接跟鄂州有關，這很
有可能不是一個偶然的巧合。

在前引文獻之後一百多年間，史籍中未見有城隍神相關記載，這種情況
一直持續到唐代中期。唐代文獻中記載的祭祀城隍神的地域，大致如下：

荊州（今湖北江陵）：張說《祭城隍文》（717 年）

洪州（今江西南昌）：張九齡《祭洪州城隍神文》（727 年）

鄂州（今湖北武昌）：李白《天長節度使鄂州刺史韋公德政碑序》（759 年
〔註123〕）

縉雲縣（今浙江縉雲）：李陽冰《縉雲縣城隍神記》（759 年）

睦州（今浙江建德）：呂述《移城隍廟記》（據文章記載，城隍廟建於元
和之前，即 806 年前。）

潮州（今廣東潮安）：韓愈《潮州祭神文》（819 年）

袁州（今江西宜春）：韓愈《袁州祭神文》（820 年）、劉驤《袁州城隍廟記》

杭州（今浙江杭州）：白居易《祝皋亭神文》（822 年）

成都（今四川成都）：段全緯《城隍廟記》（約於 9 世紀上中葉）

黃州（今湖北武漢）：杜牧《祭城隍神祈雨文》（843 年左右）

兗州（今山東兗州）：李商隱《為安平公兗州祭城隍神文》（834 年〔註124〕）

懷州（今河南沁陽）：李商隱《為懷州李使君祭城隍神文》（843 年）

桂州（今廣西桂林）：李商隱《為中丞滎陽公桂州賽城隍神文》、《為中丞
滎陽公祭桂州城隍神祝文》（847 年）

〔註122〕（唐）李陽冰，縉雲縣城隍神記〔Z〕，《全唐文》卷437，北京：中華書局，
1982。

〔註123〕據王伯祥，增訂李太白年譜〔M〕，成都：四川人民出版社，1981，p.76～77。

〔註124〕據張采田，玉谿生年譜會箋〔M〕，上海：上海古籍出版社，1983.下李商隱
作品繫年皆引自本書。

理定縣（屬桂州治）：李商隱《爲中丞滎陽公賽理定縣城隍神文》（847 年）

靈川縣（屬桂州治）：李商隱《賽靈川縣城隍神文》（847 年）

荔浦縣（屬桂州治）：李商隱《賽荔浦縣城隍神文》（847 年）

永福縣（屬桂州治）：李商隱《賽永福縣城隍神文》（847 年）

六合縣（今江蘇六合縣）：郊澇《六合懷古詩・城隍廟》（900 年左右）

我們發現，祭祀城隍神的地方，從現知最早的郢州（今湖北武昌），到唐代的荊州（今湖北江陵）、洪州（今江西南昌）、鄂州（今湖北武漢），再到杭州、成都等地，其間恰有一條清晰的發展軌跡，即以荊楚爲中心，向長江上游（向西）、下游（向東）以及長江支流（向南）擴展，並且傳播的時間軸也與此相吻合。由此推測，城隍神很可能起源於荊楚，再沿著長江分別向上游和下游擴展，並輻射到長江以南的各個城市，從而逐漸興盛起來。荊楚之地自古以來巫筮之風頗盛，〔註125〕應當也與城隍神信仰的形成有直接或間接的聯繫。

儘管城隍神信仰從南北朝時就開始擴散，但是一直到明代時才得到官方的認可，從而擺脫了淫祀的地位。在明代，城隍廟成爲了絕大多數城市中相當重要的祭祀和祈福場所，至今很多地方還保留著明清時期的城隍廟。

（3）幽冥界

幽冥界實際上就是我們常說的陰間，即普通人死去之後魂靈的歸宿，同時又是魂靈轉生的中轉站。在古代中國，這種觀念普遍流行，其起源也非常早。〔註126〕《西遊記》中有數處寫到幽冥界，如第三回、第六回、第八十一回等。其中唐太宗遊陰間一段尤爲詳細，這一段有關陰間的描述如下：

> 忽見一座城，城門上掛著一面大牌，上寫著「幽冥地府鬼門關」七個大金字。那青衣將幢幡搖動，引太宗徑入城中，順街而走。只見那街旁邊有先主李淵，先兄建成，故弟元吉，上前道：「世民來了！世民來了！」那建成、元吉就來揪打索命。太宗躲閃不及，被他扯住。幸有崔判官喚一青面獠牙鬼使，喝退了建成、元吉，太宗方得

〔註125〕 參見馬新，論兩漢民間的巫與巫術〔J〕，文史哲，2001 （03）；蕭放，論荊楚文化的地域特性〔J〕，湖北民族學院學報（哲學社會科學版），2001 （02）等文章。

〔註126〕 參見韋鳳娟，從「地府」到「地獄」——論魏晉南北朝鬼話中冥界觀念的演變〔J〕，文學遺產，2007 （01）。

脫身而去。行不數里，見一座碧瓦樓臺，眞個壯麗，但見：飄飄萬
迭彩霞堆，隱隱千條紅霧現。耿耿簷飛怪獸頭，輝輝瓦迭鴛鴦片。
門鑽幾路赤金釘，檻設一橫白玉段。窗牖近光放曉煙，簾櫳幌亮穿
紅電。樓臺高聳接青霄，廊廡平排連寶院。獸鼎香雲襲御衣，絳紗
燈火明宮扇。左邊猛烈擺牛頭，右下崢嶸羅馬面。接亡送鬼轉金牌，
引魄招魂垂素練。喚作陰司總會門，下方閻老森羅殿。太宗正在外
面觀看，只見那壁廂環佩叮噹，仙香奇異，外有兩對提燭，後面卻
是十代閻王降級而至。是那十代閻君：秦廣王、楚江王、宋帝王、
仵官王、閻羅王、平等王、泰山王、都市王、卞城王、轉輪王。（第
十回）

這段文字透露出了不少古人想像中的陰間狀況，比如地府是一座城池，已經
死去的尚未轉世的人可以在這裡見到，陰間的管理者是閻王，官員有判官，
還有一眾共差遣的小鬼等等。

　　實際上，中國傳統信仰中本來並無閻王這些人物的，根據姜生的研究，
漢代的墓葬空間的實際作用是漢代升仙信仰必經的一個階段，人死後魂魄在
此間進行一系列的宗教性轉化，從而尸解升仙，上昇天界。〔註127〕而地獄信
仰、閻羅信仰等則是佛教帶入中國的。佛教傳入中國之後，與中國本土的陰
間、魂魄觀念結合在一起，最終形成了現在的信仰狀態。

　　閻王，梵名Yama-rāja，又稱閻羅王、閻魔王等。爲鬼世界之始祖，
冥界之總司，地獄之主神。原爲印度吠陀時代之夜摩神（梵Yama），後被納
入佛教的信仰體系，爾後又隨著佛教傳入中國。閻魔王形象經由佛教傳入我
國後，與道教信仰相結合，遂衍生出冥界十王、閻羅十殿等。冥界十王應當
出現於唐代，目前我們所能見到的最早記載是唐代的《佛說地藏菩薩發心因
緣十王經》和《佛說預修十王生七經》，均爲唐代成都府大聖慈恩寺沙門藏川
所述。這兩部經書中出現了十殿閻羅王的完整名號：第一秦廣王，第二初江
王，第三宋帝王，第四五官王，第五閻魔王，第六變成王，第七太山王，第
八平等王，第九都市王，第十五道轉輪王。雖然跟之後民間流傳的十王名號
有些許差異，如同音不同字，但這種差別幾乎可以忽略。閻羅王的上級神祇
則是地藏王菩薩。

〔註127〕參見姜生，漢帝國的遺產：漢鬼考〔M〕，北京：科學出版社，2016。

　　《西遊記》第三回，孫悟空自己把生死簿塗改以後，「那十王不敢相近，都去翠雲宮，同拜地藏王菩薩商量啓表，奏聞上天，不在話下」。這種以地藏菩薩爲幽冥教主的說法，源於《地藏菩薩本願經》，此經稱，地藏菩薩發弘願要度盡地獄眾生。緣於此，地藏菩薩便被尊爲幽冥教主，掌管幽冥界的一切。

　　《西遊記》在寫冥間界時，也涉及了地獄：

　　　　前進，又歷了許多衙門，一處處俱是悲聲振耳，惡怪驚心。太
　　宗又道：「此是何處？」判官道：「此是陰山背後一十八層地獄。」
　　太宗道：「是那十八層？」判官道：「你聽我說：弔筋獄、幽枉獄、
　　火坑獄，寂寂寥寥，煩煩惱惱，盡皆是生前作下千般業，死後通來
　　受罪名。酆都獄、拔舌獄、剝皮獄，哭哭啼啼，淒淒慘慘，只因不
　　忠不孝傷天理，佛口蛇心墮此門。磨捱獄、碓搗獄、車崩獄，皮開
　　肉綻，抹嘴詓牙，乃是瞞心昧己不公道，巧語花言暗損人。寒冰獄、
　　脫殼獄、抽腸獄，垢面蓬頭，愁眉皺眼，都是大斗小秤欺癡蠢，致
　　使災屯累自身。油鍋獄、黑暗獄、刀山獄，戰戰兢兢，悲悲切切，
　　皆因強暴欺良善，藏頭縮頸苦伶仃。血池獄、阿鼻獄、秤桿獄，脫
　　皮露骨，折臂斷筋，也只爲謀財害命，宰畜屠生，墮落千年難解釋，
　　沉淪永世下翻身。一個個緊縛牢栓，繩纏索綁，差些赤髮鬼、黑臉
　　鬼，長槍短劍：牛頭鬼、馬面鬼，鐵簡銅錘。只打得皺眉苦面血淋
　　淋，叫地叫天無救應。正是人生卻莫把心欺，神鬼昭彰放過誰？善
　　惡到頭終有報，只爭來早與來遲。」（第十回）

　　地獄觀念同樣來自於佛教。地獄，梵語 naraka 或 niraya，巴利語 niraya。大致有下列之分類：(A) 八大地獄，又作八熱地獄、八大熱地獄。即等活、黑繩、眾合、叫喚（號叫）、大叫喚（大叫）、炎熱、大焦熱（極熱）、阿鼻（阿鼻旨、無間、八萬）等八大地獄。(B) 八寒地獄，即頞部陀、尼剌部陀、頞哳吒（又作阿吒吒）、臛臛婆（又作阿波波）、虎虎婆、媼缽羅、缽特摩、摩訶缽特摩等八寒地獄。而我國最流行的十八地獄，其實是阿鼻（無間）地獄。《佛說觀佛三昧海經》卷五《觀佛心品》載：「阿鼻地獄十八小地獄：十八寒地獄，十八黑闇地獄，十八小熱地獄，十八刀輪地獄，十八劍輪地獄，十八火車地獄，十八沸屎地獄，十八鑊湯地獄，十八灰河地獄，五百億劍林地獄，五百億刺林地獄，五百億銅柱地獄，五百億鐵機地獄，五百億鐵網地獄，十八鐵窟地獄，十八鐵丸地獄，十八尖石地獄，十八飲銅地獄。

如是等眾多地獄。」〔註128〕不僅阿鼻地獄別名「十八小地獄」，而且它還包括
了十八種地獄，每種地獄又有十八個，十八這個數字反覆出現，因此民間便
逐漸形成了固定的十八地獄的說法。

　　《西遊記》當中提到的十八地獄，名字經過了相應的加工，變得非常中
國化，實際上已經是中國化的地獄了。以下是佛教中的十八地獄名稱與《西
遊記》中的十八地獄名稱對比：

佛教中的十八地獄名稱	《西遊記》的十八地獄名稱
寒地獄	弔筋獄
黑闇地獄	幽枉獄
小熱地獄	火坑獄
刀輪地獄	酆都獄
劍輪地獄	拔舌獄
火車地獄	剝皮獄
沸屎地獄	磨捱獄
鑊湯地獄	碓搗獄
灰河地獄	車崩獄
劍林地獄	寒冰獄
刺林地獄	脫殼獄
銅柱地獄	抽腸獄
鐵機地獄	油鍋獄
鐵網地獄	黑暗獄
鐵窟地獄	刀山獄
鐵丸地獄	血池獄
尖石地獄	阿鼻獄
飲銅地獄	秤桿獄

其中寒地獄與寒冰獄、黑闇地獄與黑暗獄、小熱地獄與火坑獄、刀輪地獄與
刀山獄、火車地獄與車崩獄、鑊湯地獄與油鍋獄等有相似之處，尚可以窺見
其源頭，其餘的則大多已經完全是中國化的設置了。

〔註128〕佛說觀佛三昧海經，卷5〈觀佛心品〉，大正藏 T.15, no. 643, p. 668，b19～27。

　　此外小說中還出現了奈何橋、枉死城等純粹中國民間傳說性質的地獄設施，從中亦可考見古代民間信仰狀況之一斑。

　　西遊故事創作者把佛教的地獄、閻王等置於東方世界，說明了這種信仰已經完全融入了東方社會，成為普通民眾心目當中的幽冥世界。

第三章　互爲補充：《封神演義》的神靈譜系

　　《封神演義》亦是明代重要神衹小說之一，目前對於《封神演義》的研究，較《西遊記》而言就稍顯不足。對其作者的研究，學界分歧主要集中在許仲琳說和陸西星說上面，目前出版界多採納許仲琳說。〔註1〕至於其版本，一般認爲，《封神》有三個版本系統。現存最早刊本爲日本內閣文庫所藏《新刻鍾伯敬先生批評封神演義》（即明代舒沖甫刊本），二十卷一百回，別題《批評全像武王伐紂外史》，獨其第六回回前署「鍾山逸叟許仲琳編輯」「金閶載陽舒文淵梓行」字樣。1995 年上海古籍出版社影印後收入《古本小說集成》。二是清覆明本，別題《封神傳》；蔚文堂覆明本，別題《商周列國全傳》。此二本均載長洲周之標君健序，皆藏北京大學圖書館。三是四雪草堂訂正本，題「鍾伯敬先生評原本」，首康熙 34 年（1695）褚人序，藏中國國家圖書館。
　　除去探討其版本、作者等問題的成果以外，與本文主旨相關的研究更是寥寥可數。較有代表性的是：柳存仁《〈封神演義〉的佛教探源》《佛道教影響中國小說考》和《毗沙門天王父子與中國小說之關係》〔註2〕、張政烺《〈封神

〔註1〕參見孫楷第，中國通俗小說書目〔M〕，北京：人民文學出版社，1982；趙景深，中國小說叢考〔M〕，濟南：齊魯書社，1980：103；柳存仁，《封神演義》作者陸西星〔J〕，宇宙風，1940（24）；章培恒，《封神演義》的性質、時代和作者〔A〕，獻疑集〔M〕，長沙：嶽麓書社，1993；章培恒，《封神演義》作者補考〔J〕，，復旦學報，1992（4）；山下一夫.《封神演義》作者〔J〕，藝文研究，1997（72），日本東京：慶應義塾大學藝文學會。
〔註2〕〔澳〕柳存仁，和風堂讀書記（下冊）〔M〕，香港：龍門書店，1977。

演義〉漫談》〔註3〕、金鼎漢《〈封神演義〉中幾個與印度有關的人物》〔註4〕、
朱越利《〈封神演義〉與宗教》〔註5〕、山下一夫《〈封神演義〉西方教主考》
〔註6〕、鄭志明《〈封神演義〉的多重至上神觀》〔註7〕、朱秋鳳《封神演義神
仙譜系研究》〔註8〕等。其中，臺灣師範大學朱秋鳳的碩士論文《封神演義神
仙譜系研究》與本選題之一部分頗爲相近，但朱文偏重於考察《封神演義》
中的神仙譜系與道教理論之關係，認爲《封神演義》中無論是成神成仙的
設準，或是神仙體系的展現，幾與道教理論相符，且其神仙的性質與行爲表
現亦與道教理論貼近，對於民間信仰方面則所涉不多。

　　《封神演義》與《西遊記》的明顯不同之處在於它的揚道抑佛傾向。《封神
演義》中甚至沒有出現明確的佛教神祇，所有的神仙都是道人，並且還暗示
佛教是在道教之後產生的，佛教的實際創立者乃道人。因此在《封神演義》
的世界當中，我們看到的是一個表面上「不存在」佛教的世界。

　　然而通過對《封神演義》中人物形象的深入解讀，可以發現數重佛教影子。
實際上，《封神演義》與《西遊記》這兩部流傳廣遠的小說有一個很重要的特
點，那就是兩部書中有相當部分的人物是重疊的；也就是說，這些人物形象
可以互爲注腳、相互補充。也正是因爲這個特點，有理由認爲，《封神演義》
和《西遊記》實際上共同建構起了明代乃至於今天的中國民間信仰譜系，二
者的神祇譜系存在互補關係。這個譜系的大體架構是由《西遊記》來完成，
而以《封神演義》作爲補充。

　　用今日之眼光來看，《封神演義》更像是《西遊記》的前篇，交代了《西
遊記》中一些語焉未詳的人物的來源、故事等等。但是也需要注意，二者之
間仍然存在相當程度的差別，當然，在民間信仰這個層面，這些差異最後實
際上被有意無意地加以忽略了。

〔註3〕 張政烺.《封神演義》漫談〔J〕，世界宗教研究，1982 （4）。
〔註4〕 金鼎.《封神演義》中幾個與印度有關的人物〔J〕，南亞研究，1993（3）。
〔註5〕 朱越利.《封神演義》與宗教〔J〕，宗教學研究，2005（3）。
〔註6〕 〔日〕山下一夫.《封神演義》西方教主考，圓光佛學學報，1999（2）：241
　　　　～259。
〔註7〕 鄭志明，《封神演義》的多重至上神觀〔J〕，收錄於《神明的由來——中國篇》，
　　　　嘉義：南華管理學院，1997，p.306。
〔註8〕 朱秋鳳，封神演義神仙譜系研究〔D〕，臺灣師範大學國文研究所碩士論文，
　　　　1987。

第一節　《封神演義》中的神仙譜系

　　朱秋鳳在《封神演義神仙譜系研究》有言：「本書實可視爲古代神仙思想的結晶。全書自題材上看，可說是民間創作與文人創作相互結合的產物；其實質內容，則是神話材料與歷史事件彼此的相互糾結，不但一方面淡化了歷史的事實，吸收了許多神話傳說，也重新組合與改造就有神話傳說，形成了新神話，對民間信仰、文學、戲劇，都具有相當程度的影響。」〔註9〕可見《封神演義》一書的神話傳說與神祇系統與民間信仰有著莫大的關聯，這種關聯並非是單向的，而是一種雙向的關聯，小說中的神祇大多來自於民間信仰，而經過小說加工整合之後的神祇，又對民間信仰產生了深遠的影響，形成了民間信仰←→文學←→民間信仰的影響鏈條。

　　按照小說的描寫，鴻鈞道人顯然是其中的最高神靈。而他有三大弟子：老子（太上老君）、元始天尊、通天教主，其中老子、元始天尊和通天教主分別是闡教和截教的教主，這便是所謂「一道傳三友，二教闡截分」。除了闡教和截教之外，小說中還存在一個西方教，教主爲準提道人與接引道人，這便是隱指佛教了。除此之外，還有一些散仙存在。

　　儘管《封神演義》具有揚道抑佛的傾向，並且其中的神祇大部分來自於道教，但是其神仙譜系卻並未完全按照道教的譜系來建構，至少從最高神靈和闡教、截教的分派方面看來是如此。

　　對於闡教和截教的命名問題，已有多位學者進行過相關的探討，或認爲是道教者，或認爲是道教之正一道與全眞道者，但最終並未達成基本的共識，其名稱來源也並未能夠考證出來。如魯迅《中國小說史略》第十八篇就說：「此後多說戰爭，神佛錯出，助周者爲闡教即道釋，助殷者爲截教。」但仍然顯得籠統而難以令人信服。事實上，筆者認爲這是並不需要深究的一個問題。「闡教」之提法，唐代文獻中多所見之，而以佛教經典當中尤多，主要是「闡發教義」的意思，如唐李通玄《新華嚴經論》卷八：「夫闡教弘經，須分四義：一長科經意，二明經宗趣，三明教體，四明總陳會數。」〔註10〕又唐道宣《廣弘明集》卷二十五：「釋迦闡教，澄淨爲先，遠離塵垢，斷除貪欲。」〔註11〕後來又曾作爲僧錄司下的一個職官名稱，如《明史·職官志》載：「僧錄司左

〔註 9〕朱秋鳳，封神演義神仙譜系研究〔D〕，p1。
〔註 10〕（唐）李通玄，新華嚴經論〔M〕，卷8，大正藏 T.36, no. 1739, p. 766，b5～6。
〔註 11〕（唐）道宣，廣弘明集〔M〕，卷25，大正藏 T.52, no. 2103, p. 283，b9～10。

右善世二人，左右闡教二人。」〔註12〕從字面意思看，就是闡發教義之意。《封神演義》的作者採用這個名稱，推測也是基於這個含義。同理，截教含有截斷教義，使之不能發揚光大的意義，用來命名通天教主所掌握的那個不遵天命的教派，實際上含有作者價值評判在裏面。

雖然《封神演義》亦如《西遊記》般自有其神祇譜系的架構，但是從現實的情況看來，其架構在民間的影響力相當有限，原因大致是佛教、道教畢竟是現實社會的客觀存在，並且在明代業已形成了深入而廣泛的影響力，而反觀《封神演義》的神祇譜系，所謂闡教、截教都是作者杜撰，沒有任何的現實基礎，因此難以對整個民間信仰的譜系建構產生較大的影響。《西遊記》則不同，《西遊記》中的神譜體系是自有其現實基礎的，因此很快得到了民眾的認可。

那麼，《封神演義》在信仰方面的價值何在呢？

首先，它對《西遊記》所建構的民間信仰譜系作了補充與完善。兩本小說都同樣寫到了很多相同的人物，如哪吒、托塔天王、四大天王等。這些人物的經歷、來歷等等在《西遊記》當中並未交代清楚，而《封神演義》恰好彌補了這個缺陷，完善了眾多神祇的生平事蹟。其次，《封神演義》還吸納了不少《西遊記》中並未出現的道教以及民間神祇，比如財神、方相方弼兄弟等，對於民間信仰譜系有著極大的豐富作用，一些古已有之的民間信仰甚至因爲《封神演義》的傳播而被改變。

因此，我們下面對《封神演義》的探討著重點不在其神仙譜系，而在於其中神祇的來源與變化。

第二節　《封神演義》中來自佛教的神祇

儘管《封神演義》是一部宣揚道教的小說，但是我們仍然能夠從中找出不少來源於佛教的神祇。比如準提道人、接引道人、慈航道人、文殊廣法天尊、普賢眞人、四大天王、李靖、哪吒、韋護、懼留孫、燃燈道人等等。

有部分神祇的來歷在小說行文當中已經有所交代，比如說慈航道人後來成爲觀音菩薩，文殊廣法天尊後來成爲文殊菩薩，普賢眞人後來成爲普賢菩薩，〔註13〕當然，這只是顛倒源流之說，不足爲據。這幾位菩薩都爲我們所習見，故略而不論。以下，我們只分析小說中身份模糊的神祇。

〔註12〕（清）張廷玉等，明史〔M〕，卷74，北京：中華書局，1974。
〔註13〕參見《封神演義》第四十四回〈子牙魂遊崑崙山〉。

一、懼留孫

小說對懼留孫的描寫是：

> 懼留孫躍步而出，見趙天君縱鹿而來。怎生妝束，但見：碧玉
> 冠，一點紅；翡翠袍，花一叢。絲條結就乾坤樣，足下常登兩朵雲。
> 太阿劍，現七星，誅龍虎，斬妖精。九龍島內真靈士，要與成湯立
> 大功。

完全是一副道人的形象，如果不瞭解其真實的來源的話，就很容易將其混同
為本土的一個神祇。

然而小說中畢竟還是承認了其於佛教有關，在第八十三回交代他「乃是
西方有緣之客，久後入於釋教，大闡佛法，興於西漢」。那麼他成的究竟是那
一尊佛呢？細考佛典，名姓相同的只有懼留孫（拘留孫）佛了。拘留孫佛，
梵名 Krakucchanda-buddha，巴利名 Kakusandha-buddha。乃
過去七佛中之第四佛，現在賢劫千佛之第一佛。又音譯作迦羅鳩孫陀佛、羯
洛迦孫馱佛、迦羅迦村馱佛、拘樓秦佛、懼留孫佛、迦鳩留佛、鳩留秦佛。
意譯為領持、滅累、所應斷已斷、成就美妙。在印度，此佛被視為歷史上曾
經存在的佛陀之一。《長阿含經》卷一：「拘樓孫佛，出婆羅門種，姓迦葉。」
〔註 14〕《大唐西域記》卷六載其遺跡曰：「（劫比羅伐窣堵國）城南行五十餘
里，至故城，有窣堵波，是賢劫中人壽六萬歲時，迦羅迦村馱佛本生城也。」
〔註 15〕由此推之，《封神演義》作者實際是對佛典有一定程度瞭解的，才能夠
依據原生於印度佛教的神佛而創制懼留孫這個角色。

二、準提道人

準提道人，小說中西方教之教主，應當來源於佛教的準提菩薩。小說中
對準提道人法身的描述為：

> 準提同孔雀明王在陣中現三十四頭十八隻手，執定瓔珞、傘
> 蓋、花貫、魚腸、金弓、銀戟、白鉞、幡幢、加持神杵、寶銼、銀
> 瓶等物來戰通天教主。

準提菩薩，梵名 Cundī。又音譯作準提、準胝、準泥、準提觀音、準提

〔註14〕長阿含經，卷1，大正藏 T.01, no. 1, p. 2，a17～18。
〔註15〕（唐）玄奘，大唐西域記〔M〕，卷6，大正藏 T.51, no. 2087, p. 901，b11～13。

－91－

佛母、佛母準提。意譯作清淨。護持佛法，並爲短命眾生延壽護命之菩薩。
在禪宗，則稱之爲天人丈夫觀音。《佛說七俱胝佛母準提大明陀羅尼經》卷一
描述準提菩薩形象爲：

> 其像作黃白色，種種莊嚴其身。腰下著白衣，衣上有花，又身
> 著輕羅綽袖天衣，以綬帶繫腰，朝霞絡身。其手腕以白螺爲釧。其
> 臂上釧七寶莊嚴。一一手上著指環。都十八臂，面有三目。上二手
> 作說法相，右第二手施無畏，第三手把劍，第四手把數珠，第五手
> 把微若布羅迦果，第六手把越斧，第七手把鉤，第八手把跋折羅，
> 第九手把寶鬘，左第二手把如意寶幢，第三手把蓮花，第四手把澡
> 灌，第五手把索，第六手把輪，第七手把螺，第八手把賢瓶，第九
> 手把般若波羅蜜經夾。〔註16〕

準提觀音
（胎藏界曼茶羅）

〔註16〕佛說七俱胝佛母準提大明陀羅尼經，卷1，大正藏 T.20, no. 1075, p. 178，b19
～c1。

可見佛教中的準提菩薩是三目十八臂的形象，這與《封神演義》當中所寫的十八隻手的法身形象是一致的。需要說明的是，小說中準提三十四頭的形象應當是與千手千眼觀音之法相有所混淆，因爲準提菩薩與千手千眼觀音之法相較爲接近。

　　此外，《封神演義》中以準提道人爲西方教教主的原因，應當是因爲準提菩薩素有佛母之稱。《佛說七俱胝佛母準提大明陀羅尼經》載，釋迦如來在給孤獨園，入準提三摩地，說過去七億佛所說之準提陀羅尼，故約過去佛之所說，謂之七俱胝，約陀羅尼之主，謂之準提，是爲蓮華部之母，司生蓮華部諸尊功德之德，故名佛母尊。因此在《封神演義》的作者看來，既然商周之時釋迦牟尼尚未誕生，那麼顯然以佛母準提作爲西方教的教主是十分合適的。

三、孔雀明王

　　《封神演義》有關準提道人的這段記載還提到了孔雀明王。在《封神演義》當中，孔雀明王乃孔宣皈依西方教後所化。小說中孔宣形象如下：

> 看孔宣來歷大不相同，怎見得，有贊爲證，贊曰：身似黃金映火，一籠盔甲鮮明。大刀紅馬勢崢嶸，五道光華色映。曾見開天闢地，又見出日月星辰。一靈道德最根深，他與西方有分。子牙看孔宣背後有五道光華：按青、黃、赤、白、黑。……孔宣將黃光望上一撒，先拿了雷震子。哪吒見如此利害，方欲抽身，又被孔宣把白光一刷，連哪吒撒去，不知去向。（第六十九回）

> 且說準提道人將孔宣用絲絛扣著他頸下，把加持寶杵放在他身上，口稱：「道友，請現原形！」霎時間，現出一隻目細冠紅孔雀來。

> 準提道人坐在孔雀身上，一步步走下嶺，進了子牙大營。（第七十一回）

可見孔宣的本來面目是一隻目細冠紅孔雀。

　　而在佛教當中，孔雀明王，梵名 Mahā-mayūrī-vidyā-rājñī，音譯摩訶摩瑜利羅闍，又作孔雀王、佛母孔雀大明王。孔雀明王在這裡的出現，應當也是源於「佛母」一義，以顯示其地位之尊崇。此外，孔雀明王一般出現在密教中，這表明《封神演義》在一定程度上受到了密教的影響。事實上，明清時期出現的神魔小說，或多或少都受到了密教的影響，具體研究可參見薛克翹《神魔小說與印度密教》〔註17〕。

〔註17〕 薛克翹，神魔小說與印度密教〔M〕，北京：中國大百科全書出版社，2016。

孔雀明王的形象，一般都是白色，穿白繒輕衣。有頭冠、瓔珞、耳璫、臂釧
等裝飾，乘坐金色孔雀。現慈悲相，有四臂，分別持有吉祥果及孔雀尾等物。

（孔雀明王像）

四、接引道人

相比較而言，接引道人的來歷就顯得要模糊一些，但是我們仍然可以通
過小說中的描寫找到其原型。《封神演義》如此描寫接引道人：

接引道人曰：「貧道西方乃清淨無爲，與貴道不同，以花開見
我，我見其人，乃蓮花之像，非東南兩度之客。此旗恐惹紅塵，不
敢從命。」（第六十五回）

老子與元始率領眾門人下篷來迎接，見一道人，身高丈六。但
見：大仙赤腳棗梨香，足踏祥雲更異常。十二蓮臺演法寶，八德池
邊現白光。壽同天地言非謬，福比洪波語豈狂。修成舍利名胎息，
清閒極樂是西方。（第七十八回）

　　準提道人曰:「俺弟兄二人雖是西方教主,特往此處來遇有緣。
道友,你聽我道來:身出蓮花清淨臺,三乘妙典法門開。玲瓏舍利
超凡俗,瓔珞明珠絕世埃。八德池中生紫焰,七珍妙樹長金苔。只
因東土多英俊,來遇前緣結聖胎。」(第七十八回)

　　觀上列諸段描寫,核心無非兩點,一是西方極樂地,二是蓮花。我們
知道,佛教中西方極樂世界之教主乃是阿彌陀佛,並且對於蓮花的信仰也
符合阿彌陀佛信仰的特徵,那麼很有可能此處的接引道人就是以阿彌陀佛
爲原型的了。

　　「接引」之名,也自有其來歷。《佛說大阿彌陀經》卷二:

　　佛言:十方世界諸天人民,有志心欲生阿彌陀佛刹者,別爲三
輩。其上輩者,捨家棄欲而作沙門,心無貪慕,持守經戒,行六波羅
蜜,修菩薩業,一向專念阿彌陀佛,修諸功德,是人則於夢中見佛及
諸菩薩聲聞,其命欲終時,佛與聖眾悉來迎致,即於七寶水池蓮華中
化生,爲不退轉地菩薩,智慧威力,神通自在,所居七寶宮宇,在於
空中去佛所爲近,是爲上輩生者。其中等者,雖不能往作沙門,大修
功德,常信受佛語,深發無上菩提之心,一向專念此佛,隨方修善,
奉持齋戒,起立塔像,飯食沙門,懸繒然燈,散華燒香,以此迴向,
願生其刹,命欲終時,佛亦現其身光明相好,與諸大眾在其人前,即
隨往生,亦住不退轉地,功德智慧,次於上等生者。其下輩生者,不
能作諸功德,不發無上菩提之心,一向專念,每日十聲念佛,願生其
刹,命欲終時,亦夢見此佛,遂得往生,所居七寶宮宇,惟在於地,
去佛所爲遠,功德智慧,又次於中輩生者。〔註18〕

　　由此可見,在世之時念阿彌陀佛名號,臨終時即可獲得阿彌陀佛之接引,
前往西方極樂世界,其「接引」之名,應當是得之於此處無疑。

五、四大天王

　　四大天王在前文已經有所交代,這便是佛教的四大護法天王,在《封神演義》
當中,被安排成了在東方出生,並且都有了新的名姓。小說中是這樣描述的:

　　佳夢關魔家四將乃弟兄四人,皆係異人秘授奇術變幻,大是難
敵。長曰魔禮青,長二丈四尺,面如活蟹,鬚如銅線,用一根長槍,

〔註18〕佛說大阿彌陀經,卷2,大正藏 T.12, no. 364,p.337,a17〜b7。

步戰無騎。有秘授寶劍，名曰「青雲劍」，上有符印，中分四字：「地、水、火、風」，這風乃黑風，風内有萬千戈矛。若人逢著此刃，四肢成爲齏粉。若論火，空中金蛇攪繞，遍地一塊黑煙，煙掩人目，烈焰燒人，並無遮擋。還有魔禮紅，秘授一把傘，名曰「混元傘」。傘上有祖母祿、祖母印、祖母碧；有夜明珠、碧塵珠、碧火珠、碧水珠、消涼珠、九曲珠、定顏珠、定風珠；還有珍珠穿成四字：「裝載乾坤」。這把傘不敢撐，撐開時，天昏地暗，日月無光；轉一轉，乾坤晃動。還有魔禮海，用一根槍，背上一面琵琶，上有四條弦，也按「地、水、火、風」。撥動弦聲，風火齊至，如青雲劍一般。還有魔禮壽，用兩根鞭。囊裏有一物，形如白鼠，名曰「花狐貂」，放起空中，現身似白象，脅生飛翅，食盡世人。（第四十回）

儘管四大天王被作者寫成了東方世界之人，其手持之法器也被換作了中國化的名字，但是我們仍然能夠從這段文字當中看出佛教的影子來。比如青雲劍和琵琶上面的「地、水、火、風」，便是佛教所謂之「四大」，這是佛教核心概念之一，指構成一切物質的四種元素。我們常聞說的「四大皆空」便是此四大。此外，作者也似乎並未忘記他們自於佛教，故而在小說末封神之時，安排他們「輔弼西方教典」，也算是給知道其來源的人士一個交代吧。

另外，小說末尾寫到封神時還提到了中國民間最爲熟悉的四大天王的職能：

子牙曰：「今奉太上元始敕命：爾魔禮青等仗秘授之奇珍，有逆天命，逞弟兄之一體，致戮無辜。雖忠藎之可嘉，奈劫運之難躲。同時而盡，久入沉淪。今特敕封爾爲四大天王之職，輔弼西方教典，立地水火風之相，護國安民，掌風調雨順之權。永修厥職，毋忝新綸。」

增長天王　魔禮青掌青光寶劍一口　職風

廣目天王　魔禮紅掌碧玉琵琶一面　職調

多文天王　魔禮海掌管混元珍珠傘　職雨

持國天王　魔禮壽掌紫金龍花狐貂　職順（第九十九回）

風、調、雨、順，便是中國民眾最熟悉的四大天王的職能了，〔註19〕而大家最熟悉的這些職能，正是來自於《封神演義》，可見小說之於民間信仰之影響力亦是足夠強大的。

〔註19〕參見馥瓣，風調雨順　四大天王，旅遊縱覽，2007（9）。

六、托塔天王李靖

《封神演義》當中的李靖，是陳塘關的總兵：

> 話說陳塘關有一總兵官，姓李名靖，自幼訪道修眞，拜西崑侖
> 度厄眞人爲師，學成五行遁術。因仙道難成，故遣下山輔佐紂王，
> 官居總兵，享受人間之富貴。元配殷氏，生有二子：長曰金吒，次
> 曰木吒。（第十二回）

其兵器即是一座三十三天玲瓏寶塔。

已經有多位學者指出，托塔天王李靖的原型實際上就是四大天王中的北
方多聞天王，又稱毗沙門天王。〔註 20〕

他之所以在中國聲名顯赫，是由於曾四處顯示其神跡。如民間流傳有毗
沙門天王助唐玄宗擊退蕃兵之事：

> 唐天寶十三年，西蕃、大石、康居三國來寇西京時，玄宗詔不
> 空三藏爲救，空誦呪請四王護國，上忽見人神五百許在殿上，上問，
> 空答曰：「毗沙門子領兵救安西也。」及得安西奏，果是日雲霧中有
> 神兵現，蕃部驚潰，又有金鼠咬弓弩，弦皆斷，又有天王現於門樓
> 上，蕃師大奔。上大悦，勑天下營寨城樓置像供事之。〔註21〕

再如，《新唐書》曰：「隱太子建成，小字毗沙門。」〔註 22〕說明至少在唐初
時，對毗沙門天王的崇信已經流行於王室之內了。

這種崇信我們認爲很可能是來自於佛教傳說毗沙門天王具有隨軍護持之
願力，唐代不空三藏就曾經譯出《北方毗沙門天王隨軍護法儀軌》及《北方
毗沙門天王隨軍護法眞言》，並且早期的毗沙門天王信仰都跟軍隊作戰有關。
因此，對於毗沙門天王的信仰最初很可能是始於軍隊，爾後才擴展到民間。

毗沙門天王托塔的形象來同樣來自於佛經。不空譯《金剛頂瑜伽護摩儀
軌》：

> 北方毘沙門天，坐二鬼上，身著甲冑，左手掌捧塔，右手執寶
> 棒，身金色，二天女持寶華等。〔註23〕

道宣《關中創立戒壇圖經》也載：

〔註20〕 參見〔澳〕柳存仁，毗沙門天王父子與中國小說之關係〔A〕，和風堂讀書記
〔M〕，香港：龍門書店，1977。

〔註21〕 金光明經照解，卷2，卍續藏，X20, no. 361, p. 533，c9～15。

〔註22〕 （宋）歐陽修、宋祁等，新唐書〔M〕，卷79，北京：中華書局，1986。

〔註23〕 金剛頂瑜伽護摩儀軌，大正藏 T.18, no. 909, p. 923，c19～20。

西北角天王名毘沙門，領夜叉及羅刹眾，住北欝單越洲，多來
閻浮提。其王手中掌擎佛塔，古佛舍利在中，佛在時令其持行所在，
作護佛法久固。〔註24〕

已經有研究者指出，毘沙門天王被漢化之後的名字「李靖」，很有可能是
跟唐代大將李靖相關的。〔註25〕李靖是唐初名將，《舊唐書》載：「李靖，本
名藥師，雍州三原人也……靖姿貌瑰偉，少有文武材略。每謂所親曰：『大丈
夫若遇主逢時，必當立功立事，以取富貴。』其舅韓擒虎號爲名將，每與論
兵，未嘗不稱善，撫之曰：『可與論孫吳之術者，惟斯人矣。』……太宗嗣位，
拜刑部尚書，並錄前後功，賜實封四百戶。貞觀二年以本官兼檢校中書令，
三年轉兵部尚書。突厥諸部離叛，朝廷將圖進取，以靖爲代州道行軍總管，
率驍騎三千自馬邑，出其不意，直趨惡陽嶺以逼之，突利可汗不虞於靖，見
官軍奄至，於是大懼……太宗嘗謂曰：『昔李陵提步卒五千，不免身降匈奴，
尚得書名竹帛，卿以三千輕騎深入虜庭，克復定襄，威振北狄，古今所未有，
足報往年渭水之役。』」〔註26〕因爲其戰功顯赫，故死後封爲衛國公；又因死
後經常傳說顯靈，爲百姓救危解厄，百姓爲其建廟供奉：於是到了晚唐時候，
李靖漸漸被神化了。《續玄怪錄》卷四「李衛公靖」條就記載：

衛國公李靖，微時嘗射獵霍山中，寓食山村。……夫人曰：「此
非人宅，乃龍宮也。妾長男赴東海婚禮，小男送妹。適奉天符，次
當行雨。計雨處雲程，合逾萬里，報之不及，求代又難，輒欲奉煩
頃刻間，如何？」公曰：「靖俗客，非乘雲者，奈何能行雨？有方可
教，即唯命耳。」夫人曰：「苟從吾言，無有不可也。」遂敕黃頭：
「轟青驄馬來。」又命取雨器，乃一小瓶子，繫於鞍前。誡曰：「郎
乘馬，無須銜勒，信其行，馬蹶地嘶鳴，即取瓶中水一滴滴馬鬃上，
慎勿多也。」於是上馬，騰騰而行，倏忽漸高，但訝其穩疾，不自
知其雲上也。風急如箭，雷霆起於步下。於是隨所蹶，輒滴之。既
而電掣雲開，下見所憩村，思曰：「吾擾此村多矣，方德其人，計無
以報。今久旱，苗稼將悴，而雨在我手，寧復惜之。」顧一滴不足
濡，乃連下二十滴。俄頃雨畢，騎馬復歸。〔註27〕

〔註24〕　（唐）釋道宣，關中創立戒壇圖經，大正藏 T.45, no. 1892, p. 809，c18～21。
〔註25〕　參見馬書田，華夏諸神〔M〕，北京：北京燕山出版社，1990，p.553。
〔註26〕　（後晉）劉昫等，舊唐書〔M〕，卷67，北京：中華書局，1975。
〔註27〕　（唐）李復言，續玄怪錄〔M〕，卷4，北京：中華書局，1982。

《新唐書》卷十五《禮樂志》則記載：「開元十九年，始置太公尙父廟，以留侯張良配。……上元元年，尊太公爲武成王，祭典與文宣王比，以歷代良將爲十哲象坐侍。秦武安君白起、漢淮陰侯韓信、蜀丞相諸葛亮、唐尙書右僕射衛國公李靖、司空英國公李勣列於左，漢太子少傅張良、齊大司馬田穰苴、吳將軍孫武、魏西河守吳起、燕晶國君樂毅列於右，以良爲配。」〔註28〕則《封神演義》中李靖跟隨姜尙之說，並非毫無根據。

　　總之，托塔天王李靖的形象很可能是毗沙門天王信仰與民間對李靖的崇信的結合。托塔天王李靖的形象經由《西遊記》和《封神演義》廣爲傳播，以至於家喻戶曉，而普通人已經很難知道其本來源頭。

七、哪吒

　　哪吒故事，《封神演義》比《西遊記》敷衍得更爲詳盡，其影響也更深遠。《西遊記》第八十三回當中僅僅用一段文字介紹了哪吒的身世：

　　　　原來天王生此子時，他左手掌上有個「哪」字，右手掌上有個「吒」字，故名哪吒。這太子三朝兒就下海淨身闖禍，踏倒水晶宮，捉住蛟龍要抽筋爲絛子。天王知道，恐生後患，欲殺之。哪吒奮怒，將刀在手，割肉還母，剔骨還父，還了父精母血，一點靈魂，徑到西方極樂世界告佛。佛正與眾菩薩講經，只聞得幢幡寶蓋有人叫道：「救命！」佛慧眼一看，知是哪吒之魂，即將碧藕爲骨，荷葉爲衣，念動起死回生眞言，哪吒遂得了性命。運用神力，法降九十六洞妖魔，神通廣大，後來要殺天王，報那剔骨之仇。天王無奈，告求我佛如來。如來以和爲尙，賜他一座玲瓏剔透舍利子如意黃金寶塔，那塔上層層有佛，豔豔光明。喚哪吒以佛爲父，解釋了冤仇。

　　在《封神演義》中，此故事被敷衍甚詳，作者不惜筆墨，用了三回（第十二至十四回）來描寫哪吒的故事。故事的梗概大致與《西遊記》相同，但其中人物、情節等都有了改動。《封神演義》當中哪吒一出場，就是天生異象：

　　　　李靖聽說，急忙來至香房，手執寶劍，只見房裏一團紅氣，滿屋異香。有一肉球，滴溜溜圓轉如輪。李靖大驚，望肉球上一劍砍去，劃然有聲。分開肉球，跳出一個小孩兒來，滿地紅光，面如傅粉，右手套一金鐲，肚腹上圍著一塊紅綾，金光射目。這位神聖下

〔註28〕　（宋）歐陽修、宋祁等，新唐書〔M〕，卷15。

世，出在陳塘關，乃姜子牙先行官是也：靈珠子化身。金鐲是「乾
坤圈」，紅綾名曰「混天綾」。此物乃是乾元山鎮金光洞之寶，表過
不題。

後來又拜太乙眞人為師，殺了龍王三太子，抽了龍筋，打了龍王敖光，又箭
射彩雲童子，惹下一身禍事，以至剜腸剔骨，被其師太乙眞人以蓮藕成身，
其身世故事才算完結。哪吒故事也正是由於《封神演義》的流行而廣泛傳播
於民間，為民眾所熟知。

哪吒是托塔天王李靖第三個兒子，稱為三太子。其實，他跟其父親一樣，
亦來自於佛教。在佛教當中，他也是毗沙門天王的第三個兒子。哪吒，梵
名 Nalakūvara 或 Nalakūbala。為護持佛法，守護國界及國王之善神。
又音譯作那吒天王、那拏天、那羅鳩婆、那吒矩襪囉、那羅鳩鉢羅、那吒鳩
跋羅、那吒俱伐羅，係毗沙門天王五太子之一。《北方毘沙門天王隨軍護法儀
軌》載：

> 爾時那吒太子，手捧戟，以惡眼見四方，白佛言：「我是北方
> 天王吠室羅摩那羅闍第三王子，其第二之孫，我祖父天王及我那吒，
> 同共每日三度白佛言：我護持佛法，欲攝縛惡人或起不善之心。我
> 晝夜守護國王大臣及百官僚，相與殺害打陵如是之輩者，我等那吒
> 以金剛杖刺其眼及其心。若為比丘、比丘尼、優婆塞、優婆夷起不
> 善心及殺害心者，亦以金剛棒打其頭。」〔註29〕

哪吒在佛教中的形象，《佛說最上秘密那拏天經》卷一如是描寫：

> 爾時世尊如是安慰毘沙門天王已，即入調伏夜叉熾盛普光三摩
> 地，於其定中，身放大光，其光普照三千大千世界，所有一切大惡
> 夜叉、羅刹毘舍左部多及諸惡龍乃至宿曜等，佛光照已，悉皆警覺。
> 其光回還，遶佛三匝，入於佛頂，復從面門出七色光，入那拏天頂。
> 時那拏天光入頂已，即現大身，如須彌山，面忿怒相，復大笑相，
> 而有千臂，手持蔦波羅及諸器仗，以虎皮絡腋，蔦波羅而為莊嚴，
> 光明熾盛，具大威力。是那拏天現此身時，大地震動，觀者皆怖。
> 〔註30〕

〔註29〕北方毘沙門天王隨軍護法儀軌，大正藏 T.21, no. 1247, p. 224，c12～p，225，
　　　　a8。
〔註30〕佛說最上秘密那拏天經，卷 1，大正藏 T.21, no. 1288, p. 358，c5～15。

哪吒的法相最重要的特點是千臂，與中土世傳的八臂哪吒有差異。八臂哪吒之說，則不知起於何時何處。

哪吒在中國的盛行應當也是始於唐代。《宋高僧傳》載：

> （道宣）於西明寺夜行道，足趺前階，有物扶持，履空無害，熟顧視之，乃少年也。宣遽問：『何人中夜在此？』少年曰：『某非常人，即毘沙門天王之子那吒也。護法之故，擁護和尚，時之久矣。』宣曰：『貧道修行無事煩太子，太子威神自在，西域有可作佛事者，願為致之。』太子曰：『某有佛牙，寶掌雖久，頭目猶捨，敢不奉獻。』俄授於宣，宣保錄供養焉。〔註31〕

說明在唐代時已經有了哪吒顯示其神跡的傳說。

另外，宋代禪宗燈錄表明，哪吒在中國增添了析骨還父、析肉還母的傳說：

> 問：「那吒太子析骨還父，析肉還母，如何是那吒本來身？」
> 師（投子大同）放下手中杖子。〔註32〕
> 問：「那吒太子析肉還母，析骨還父，然後於蓮華上為父母說法，未審如何是太子身？」
> 師（天台德韶）曰：「大家見上座。」〔註33〕
> （龍門佛眼）上堂。「七七四十九，面南看北斗。死去與生來，泥牛大哮吼。所以釋迦、老子未離兜率，已降王宮，未出母胎，度人已畢。如此則毗盧境界止在人間，涅槃妙心更於何覓。昔日那吒太子，析肉還母，析骨還父，然後現本身，運大神通。大眾，肉既還母，骨既還父，用什麼為身？學道人到者裏若見得去，可謂廓清五蘊，吞盡十方。聽取一頌：骨還父，肉還母，何者是身？分明聽取，山河國土現全軀，十方世界在里許。萬劫千生絕去來，山僧此說非言語。」下座。〔註34〕

這幾段公案的主角投子大同（819～914）、天台德韶（891～972）、龍門佛眼（1067～1120）分別為唐末、五代及宋代時人，這說明至少在唐末之前，

〔註31〕 （宋）釋贊寧，宋高僧傳，卷14，大正藏 T.50, no. 2061, p. 791，a10～17。
〔註32〕 （宋）釋道原，景德傳燈錄，卷15，大正藏 T.51, no. 2076, p. 319, c6～8。
〔註33〕 （宋）釋道原，景德傳燈錄，卷25，大正藏 T.51, no. 2076, p. 408, a13～15。
〔註34〕 （宋）賾藏，古尊宿語錄〔M〕，卷28，卍續藏，X68, no. 1315, p. 185，a16～24。

哪吒析骨還父、析肉還母的傳說已經完全成形了，並且流行於叢林間。但奇
怪的是，佛教經典中卻找不到任何出處。宋代釋善卿所編《祖庭事苑》卷六
「哪吒」條即說：

> 叢林有析骨還父，析肉還母之說，然於乘教無文，不知依何而
> 爲此言，愚未之知也。〔註35〕

由此看來，這個傳說很可能就是起源於中國本土的。

綜上所述，我國關於哪吒之傳說，應當在唐末五代就已經形成了大致脈
絡。而到了後來，道教將哪吒吸納於其體系之內，進一步形成了本土的更爲
完整的哪吒傳說，明代《三教源流搜神大全》裏面的哪吒形象就已經十分接
近《封神演義》和《西遊記》裏面的哪吒形象了。

第三節　來自道教與中國本土信仰的神祇

《封神演義》中來自道教和本土民間信仰的神祇，更是不可勝數。前文
提到的三清、四值、二十八宿等都被安上了具體的掌管之人，還有很多諸如
雷部天神、三十六天罡、七十二地煞等，但由於名目過於繁多，其事蹟也並
不顯赫，因此在現實的層面上對民間信仰的影響仍然比較有限。眞正具備影
響力的還是那些地位較高的神祇以及在民間本有相當程度崇信的神祇。這裡
我們不準備對所有的神祇進行大範圍的探討，僅擬擇出一二位具有代表性的
神祇進行較爲深入的研究，探究其來源以及在後世變化情況等，以期彰顯出
明清小說中民間信仰的結構狀況。

一、來自道教的神祇：財神趙公明

三清、四值等神祇在前文已經進行了相應的研討，因此此處不再涉及。
我們首先關注的一個神祇是財神趙公明。

對於財神趙公明，目前學界已有多位學者進行了較爲深入的探討，指出
趙公明在早期其實是屬於道教的瘟神。〔註36〕但其之所以在元明之後一變而
爲財神，這中間的轉折變換則很值得考慮。有關趙公明的最早記載大致出於
晉代。干寶《搜神記》：

〔註35〕　（宋）善卿，祖庭事苑〔M〕，卷6，卍續藏，X64, no. 1261, p. 399，c15～16。
〔註36〕　參見張富春，論瘟神趙公明是怎樣成爲財神的〔J〕，宗教學研究，2006（1）；
　　　　　王家祐，漫話財神趙公明〔J〕，文史雜誌，2003（5）。

> 初，有妖書云：上帝以三將軍趙公明、鍾士季各督數鬼，下取
> 人，莫知所在。

道教典籍《眞誥》載：

> 天帝告土下冢中王氣五方諸神趙公明等，某國公侯，甲乙年如
> 干歲，生值清眞之氣，死歸神宮，翳身冥鄉，潛寧沖虛，闢斥諸禁
> 忌，不得妄爲害氣，當令子孫昌熾，文詠九功，武備七德，世世貴
> 王，與天地無窮，一如土下九天律令。

就這兩段晉代的文獻記載來看，重點有兩個：（a）督鬼取人；（b）掌管冥界（土
下冢中）之氣。由此，我們基本上可以確定的是，最初的趙公明實際上是一
個冥界之神。而此後隨著歷史推演，在道教的經典當中出現的趙公明就變成
了一位行瘟使者〔註37〕。到了元明時期，其身世更是被編造得完整，其中以
元代《新編連相搜神廣記》尤詳，其中趙公明的形象是這樣的：

> 趙元帥，姓趙諱公明，鍾南山人也。……其服色：頭戴鐵冠，
> 手執鐵鞭者，金邁水氣也；面色黑而髭鬚者，北氣也；跨虎者，金
> 象也。……驅雷役電，喚雨呼風，除瘟剪瘧，保病禳災，元帥之功
> 莫大焉。至如訟冤伸抑，公能使之解釋，公平買賣求財，公能使之
> 宜利和合。但有公平之事，可以對神禱，無不如意。故上天聖號爲
> 高上神霄玉府大都督、五方之巡察史、九州島社令都大提點、直殿
> 大將軍，主領雷霆副元帥、北極侍御使、三界大都督、應元昭烈侯，
> 掌士定命設帳使、二十八宿都總管、上清正一玄壇飛虎金輪執法趙
> 元帥。〔註38〕

值得注意的是，這裡面提到了他的新的職能：「至如訟冤伸抑，公能使之解
釋，公平買賣求財，公能使之宜利和合。但有公平之事，可以對神禱，無
不如意。」可以說，到這裡，已經初步出現了趙公明成爲財神的因素，但
是並不明顯。

《封神演義》中，趙公明的形象則是：

> 只見杏黃旗招展，黑虎上坐一道人。怎見得：天地玄黃修道德，
> 洪荒宇宙煉元神。虎龍嘯聚風雲鼎，烏兔周旋卯酉晨。五遁三除閒

〔註37〕 參見張富春，論瘟神趙公明是怎樣成爲財神的〔J〕，宗教學研究，2006（01）：
126～127。

〔註38〕 新編連相搜神廣記，《藏外道書》第31冊〔M〕，成都：巴蜀書社，1992，p.772。

戲耍，移山倒海等閒論。掌上曾安天地訣，一雙草履任遊巡。五氣
朝元真罕事，三花聚頂自長春。峨嵋山下聲名遠，得到羅浮有幾人？

可以發現，《新編連相搜神廣記》中的趙公明，已經非常接近《封神演義》當
中的描寫了。小說《封神演義》最後對趙公明是這樣分封的：

特敕封爾為金龍如意正一龍虎玄壇真君之神，率領部下四位正
神，迎祥納福，追逃捕亡。

而他部下的「四位正神」，分別是招寶天尊、納珍天尊、招財使者和利市仙官。
這樣，趙公明的財神形象就完全確立了。

需要注意的是，財神信仰的廣為擴散有一個非常重要的因素，那就是商
業發展對其的推動。中國古代社會自宋元以來，平民社會的形成促進了商業
的發展，明代更是出現了大量的手工作坊，初現資本主義的萌芽，商業逐步
發達〔註 39〕，正是在這種社會環境之下，商人成為了社會構成當中的重要階
層，其具有的影響力遠遠大於前代，其地位也得到了相當程度的認可。在此
基礎之上，由於商人對財神的普遍崇信，才有可能形成大規模的財神信仰。
因此，財神趙公明的信仰在明代確立起來是自有其歷史必然性的。

二、擷自上古信仰的神祇：方相、方弼

（1）《封神演義》中的相關記載

《封神演義》中的神祇除了像趙公明這樣來自道教之外，還有不少直接
擷於民間信仰，方相、方弼兄弟便是如此。《封神演義》第八回專門寫《方相
方弼反朝歌》，其中方相、方弼是作為商紂王的鎮殿大將軍出現的。至於他們
的形象，小說第四十五回寫道：

方弼、方相身高三丈有餘，力大無窮。

根據小說最後分封方相、方弼二兄弟為開路神、顯道神之事來看，此二兄弟
的源頭顯然是上古的儺神方相氏。

目前學術界對於方相氏的研究成果，主要有：錢茀《儺源考——論周代
「方相行為」的原始傳統》〔註 40〕、蕭兵《面具眼睛的辟邪禦敵功能——從
泛太平洋文化之視角看三苗、饕餮、吞口、蚩尤、方相以及三星堆「筒狀目

〔註39〕 參見〔美〕牟復禮、〔英〕崔瑞德編，張書生、黃沫等譯，劍橋中國明代史（1368
～1644）〔M〕，北京：中國社會科學出版社，1992。

〔註40〕 錢茀，儺源考——論周代「方相行為」的原始傳統〔J〕，貴州民族學院學報
（哲學社會科學版），1991（3）。

睛」神巫的類緣關係》〔註41〕、曹琳《四目・方相管蠡》〔註42〕、周華斌《方相・饕餮考》〔註43〕、蕭兵《眼睛紋：太陽的意象——饕餮紋、方相氏黃金四目、獨目人、三眼神及龍舟鷁首之謎的解讀》〔註44〕、顧樸光《方相氏面具考》〔註45〕、康保成《古劇腳色「丑」與儺神方相氏》〔註46〕、汪曉雲《「方相」與「鍾馗」的發生學研究》〔註47〕等。上列著述，主要涉及了方相氏的起源以及「黃金四目」的研究，方相氏不但爲上古儺戲中的重要人物，在古代葬禮中也起著重要作用。但對於方相氏的發展演變史未能有詳盡的探討。因此我們下面著重考察方相氏的產生發展脈絡及其在後世的演變，藉以明瞭《封神演義》在這一演變過程中的作用。

（2）方相氏的源頭和功用

方相氏之名，最早見於《周禮・夏官》：

> 方相氏狂夫四人。〔註48〕

> 方相氏掌蒙熊皮，黃金四目，玄衣朱裳，執戈揚盾，帥百隸而時難，以索室驅疫。大喪，先匶；及墓，入壙，以戈擊四隅，驅方良。〔註49〕

由這段記載我們可以見到，方相氏具有十分獨特的外形：「蒙熊皮，黃金四目，玄衣朱裳」，這種外形明顯地突兀於《周禮》中的其他職官，因而引起了學界多位學者的關注。

關於方相氏的形象問題，學界最大的分歧在於「黃金四目」。目前學界的猜測眾說紛紜，錢茀在其《「方相」四目圖說》一文中詳細列舉了目前學界的各種猜測，如「人頭四方各一目」、「雙目重瞳」說、「裏外雙層面具」、「人頭

〔註41〕 蕭兵，面具眼睛的辟邪禦敵功能——從泛太平洋文化之視角看三苗、饕餮、吞口、蚩尤、方相以及三星堆「筒狀目睛」神巫的類緣關係〔J〕，淮陰師範學院學報（哲學社會科學版），1994（4）。

〔註42〕 曹琳，四目・方相管蠡〔J〕，民族藝術，1994（4）。

〔註43〕 周華斌，方相・饕餮考〔J〕，戲劇藝術，1992（3）。

〔註44〕 蕭兵，眼睛紋：太陽的意象——饕餮紋、方相氏黃金四目、獨目人、三眼神及龍舟鷁首之謎的解讀〔J〕，淮陰師範學院學報（哲學社會科學版），1991（3）。

〔註45〕 顧樸光，方相氏面具考〔J〕，貴州民族學院學報（哲學社會科學版），1990（3）。

〔註46〕 康保成，古劇腳色「丑」與儺神方相氏〔J〕，戲劇藝術，1999（4）。

〔註47〕 汪曉雲，「方相」與「鍾馗」的發生學研究〔J〕，藝術探索，2005（2）：45～51。

〔註48〕 鄭玄注，賈公彥疏，周禮注疏〔M〕，北京：中華書局，1980，卷7。

〔註49〕 鄭玄注，賈公彥疏，周禮注疏〔M〕，北京：中華書局，1980，卷8。

前後各兩目」等，並根據學者們的猜想繪出了示意圖〔註 50〕，但是由於迄今為止考古界沒有發現上古方相氏面具的實物，因此對於「黃金四目」的判別仍然處於猜測的階段，無法給出一個篤定的結論。

另外，有學者提出「黃金四目」「狂夫四人」是「黃金叩目」「狂夫叩人」之誤，其論據在於《周禮》中儺禮部分最早為樂官所記，而古代樂官記「四」為「□□」，因而這裡可能是史官誤改「叩」為「四」之誤〔註 51〕。筆者以為這種說法缺乏足夠的說服力，論據也嫌不足，很難成立。單就「狂夫四人」一句來說，就不可能是「狂夫叩人」之誤，因為《周禮》這一部分講職官設置，每一個職官都是列出了詳細的數目，如「虎賁氏下大夫二人，中士十有二人，府二人，史八人，胥八十人，虎士八百人。旅賁氏中士二人，下士十有六人，史二人，徒八人。節服氏下士八人，徒四人」等，不可能單單不列方相氏的人數。

我們目前能夠較為確定的是，方相四目是跟古人對於東西南北四方的認識是密切相關的，不論是「四目」的面具或是「狂夫四人」的設置，都是直接針對於四個方位的，其目的顯然是驅除各個方向的疫鬼。〔註 52〕這一點，宋代王昭禹在其《周禮詳解》中也提到：「時儺而驅疫，其官名之日『方相氏』者，以其相視而攻疫者非一方也。」〔註 53〕

關於其得名，鄭玄則說：「方相，猶言『放想』，可畏怖之貌。」〔註 54〕唐代的賈公彥也說：「鄭云『方相』猶言『放想』，漢時有此語，是可畏怖之貌，故云方相也。」〔註 55〕

那麼關於方相氏的得名就出現了兩種不同的觀點，難以判斷孰是孰非。然而不論其得名如何，其頭戴的假面十分之猙獰恐怖是毫無疑問的。中國古人有一種觀念，認為不僅普通人害怕形容醜惡之人，連鬼也害怕他們，所以往往驅鬼的都是兇猛醜惡之物。由於其形容醜惡，在後世文學作品中往往把醜陋兇惡之人比作方相氏，如：

〔註 50〕 錢茀，「方相四目」圖說〔J〕，民族藝術，1995（2）。
〔註 51〕 參見章軍華，原型的再生：孫悟空與方相氏〔J〕，東南大學學報（哲學社會科學版），2006（9）： 84～85。
〔註 52〕 參見汪曉雲，「方相」與「鍾馗」的發生學研究〔J〕，民族藝術，2005（2）。
〔註 53〕 （宋）王昭禹，周禮詳解〔M〕，文淵閣四庫全書本，卷 27。
〔註 54〕 鄭玄注，賈公彥疏，周禮注疏〔M〕，北京：中華書局，1980，卷 28。
〔註 55〕 鄭玄注，賈公彥疏，周禮注疏〔M〕，卷 28。

開寶中，將興兵革。吉州城頭有一人大面眺目多髮，狀如方相。自旦至申酉時，郡人觀之，眾所驚異。明年國亡之應也。〔註56〕（《江表志》）

益都孫文定公（廷銓），世居顏神鎮。爲童子時，常五鼓入塾，道遇一長人如方相狀，目睞旿可畏，直前欲搏之。〔註57〕（《池北偶談》）

鄰人問了小娥姓名地方，就引了他，一徑走進申家。只見裏邊踱出一個人來，你道生得如何？但見：傴兜怪臉，尖下頦，生幾莖黃鬚；突兀高顴，濃眉毛，壓一雙赤眼。出言如虎嘯，聲撼半天風雨寒；行步似狼奔，影搖千尺龍蛇動。遠觀是喪船上方相，近覷乃山門外金剛。〔註58〕（《初刻拍案驚奇》）

智化即喚龍濤、姚猛，二人答應，聲若巨雷。及至到了廳上，參見大王，那一番騰騰殺氣，凜凜威風，眞個是方相一般。〔註59〕（《七俠五義》）

儘管我們目前無法得知上古時期方相氏的確切面貌，但是仍然可以從後世的記載中勾勒出其大致形象（「黃金四目」姑且存而不論）：頭戴熊皮做成的假面，上身穿黑色的上衣，下身著紅色的下裙，面貌猙獰恐怖，手上拿著戈與盾，驅逐疫鬼。

由《周禮·夏官》的那段記載，我們可以很容易地判別出方相氏驅鬼的兩個場合，一是「時難」，一是「大喪」。這一點至關重要，直接影響了方相氏在後世的發展與演變。

「時難」即「時儺」，是指每年按照時節的變化而固定舉行的儺儀（驅鬼儀式）。在中國古人的觀念當中，鬼爲陰物，陰氣盛時則鬼出而害人，因此需要舉行相應的儀式來驅除疫鬼，這種儀式就是「儺」。

在《禮記·月令》當中，就記載了這種稱爲「儺」的儀式的舉辦時間：

（季春之月）命國難，九門磔攘，以畢春氣。

（仲秋之月）天子乃難，以達秋氣。

〔註56〕　（宋）鄭文寶，江表志〔M〕，北京：中華書局，1991年，卷下。

〔註57〕　（明）王士禛，池北偶談〔M〕，北京：中華書局，1982年，卷24。

〔註58〕　（明）凌濛初，初刻拍案驚奇〔M〕，北京：中華書局，2001年10月，卷19。

〔註59〕　（清）石玉崑，七俠五義〔M〕，西安：三秦出版社，2007，第115回。

　　（季冬之月）命有司大難，旁磔，出土牛，以送寒氣。

我們可以發現，每一次儺儀舉辦的規格實際是不一樣的。關於這一差異的產
生原因，唐賈公彥在爲《周禮》注作疏時已經指出：「季春之月，命國難。按
彼鄭注，此月之中，日行歷昴，昴有大陵積屍之氣，氣佚則屬鬼隨而出行，
故難之。云『命國難』者，惟天子諸侯有國者令難。云『九門磔攘』者，九
門，依彼注：路門、應、雉、庫、皋、國、近郊、遠郊、關；張磔牲體，攘
去惡氣也；云『以畢春氣』者，畢，盡也，季春行之，故以盡春氣。云『仲
秋之月，天子乃難，以達秋氣』者，按彼鄭注，陽氣左行，此月宿直昴、畢，
昴、畢亦得大陵積屍之氣，氣佚則屬鬼亦隨而出行，故難之，以通達秋氣，
此月難陽氣，故惟天子得難。云『季冬之月，命有司大難，旁磔，出土牛以
送寒氣』者，按彼鄭注，此月之中，日歷虛、危，虛、危有墳墓四司之氣，
爲屬鬼，將隨強陰出害人也，故難之。」接著他又提到：「『命有司者』，謂命
方相氏。……此子春所引，雖引三時之難，惟據季冬大難，知者，此經『始
難』文季冬之下，是以方相氏亦據季冬大難而言。」這段話的意思就是說，
雖然杜子春注《周禮》引了三時之儺，但是方相氏只是在季冬大儺時才出現，
也就是說，在早期的儺儀中，方相氏是出現在每年最高規格的儺儀之上的。
而到了後代，方相氏也出現於其他二時的儺儀中，如唐孫頎《春儺賦》就提
到：「命方相氏出儺，百神丹首纆裳，辮髮文身，搣金皷以騰躍，執戈矛以逡
巡，驅赤疫於四裔，保皇家於萬人。」〔註60〕

　　而方相氏出現的另一個場合——「大喪」，是指帝王、皇后、世子之喪，
也是屬於人間最高規格的葬禮。

　　由此我們可以得出結論：方相氏出現於兩個重要場合，一是季冬大儺，
一是大喪；由於這兩個場合均屬於上古時期最高級別的儀式，所以方相氏的
使用，在上古時期是需要天子這一級別才能配置的，其他如諸侯等均不可僭
越。

　　不論是大儺還是大喪，方相氏的作用都是驅鬼，這一點在《周禮》中已
經非常明確。另外，「大喪，先匶」之語，表明在大喪這個儀式中，方相氏還
承擔了引導者的作用——其實，即便是引導者，其作用仍然是驅除一路上的
鬼怪。

〔註60〕孫頎，春儺賦，李昉、徐鉉等編，文苑英華〔M〕，卷22，北京：中華書局，
　　　　1986。

　　在中國古人的觀念當中，鬼有多種，不同的鬼需要不同的人或物來進行驅除，因而驅鬼的人和物都非止一種。那麼方相氏顯然也是有所針對的。

　　《周禮》說方相氏「索室驅疫」，「疫」指疫鬼，此處並未言明是何種鬼怪，當屬泛言。該書接著又說方相氏「及墓，入壙，以戈擊四隅，驅方良」，這裡則專門提到方相氏驅除的鬼是「方良」。，據鄭玄注：「方良，罔兩也，天子之槨，柏黃腸爲裏，而表以石焉。《國語》曰：『木石之怪，夔罔兩。』」方良就是罔兩，那麼罔兩究竟又是甚麼呢？

　　至少在漢代時，有關「罔兩」似乎就已經有多種說法了，延至於後世，更是眾說不一。東漢許慎《說文解字》蟲部云：「蝄蜽，山川之精物也。《淮南王說》：『蝄蜽，狀如三歲小兒，赤黑色，赤目，長耳，美髮。』……《國語》曰：『木石之怪，夔、蝄蜽。』」三國時的韋昭注《國語》曰：「木石謂山也。或云夔，一足，越人謂之山獵。或作□，富陽有之，人面猴身，能言。或云獨足蝄蜽，山精，好敩人聲而迷惑人也。」〔註61〕晉杜預注《左傳》云：「罔兩，水神。」〔註62〕唐孔穎達引《魯語》賈逵注云：「罔兩、罔象，有夔龍之形而無實體，非神名也。」〔註63〕這裡至少已經出現了三種解釋。現代學者對此也有闡發，如陳煒舜《釋罔兩》繼承了《淮南子》高誘注的說法並對諸種說法進行了較爲詳細的分辨，認爲罔兩實際上是「恍惚之物」，「恍惚則非白皦非昧，影外微陰有恍惚之狀，而木石之怪一義亦自恍惚所衍生，四義實爲同源」〔註64〕。

　　我們再仔細考察關於方相氏的這段記載，發現方相氏驅除的「方良」是在墓穴當中的，那麼「水神」說顯然無法予以合理的解釋。而《國語》裏面提到的「木石之怪」倒是可能性甚大：首先，墓穴顯然是木石所構成；其次，方相氏在「大儺」時的作用是「索室驅疫」，也與水無關，而房屋也由木石所構成。因此，《國語》對罔兩的解釋恰好可以證明方相氏所驅除的疫鬼是「木石之怪」。韋昭注「木石」爲「山」，似不妥。關於罔兩的形體問題，比較考察諸種文獻後，似以陳煒舜《釋罔兩》一文的結論較爲合理。總之，罔兩是「木石之怪」，又是「恍惚之物」，不具備實際的形體，游移不定，非明非暗，

〔註61〕　韋昭，國語注〔M〕，四部叢刊初編本，卷5。
〔註62〕　杜預注、孔穎達等正義，春秋左傳正義〔M〕，北京：中華書局，1980，卷21。
〔註63〕　杜預注、孔穎達等正義，春秋左傳正義〔M〕，北京：中華書局，1980，卷21。
〔註64〕　參見陳煒舜，釋罔兩〔J〕，海南師範學院學報（社會科學版），，2005（6）：
　　　　　122～125。

難以捕捉，因而只能靠方相氏來驅除之。

關於方相氏所驅除的鬼怪，還有另外一種說法存在。蔡邕《獨斷》卷上：

> 神帝顓頊有三子，生而亡去爲鬼，其一者居江水，是爲瘟鬼；
> 其一者居若水，是爲魍魎；其一者居人宮室樞隅處，善驚小兒，於
> 是命方相氏黃金四目，蒙以熊皮，玄衣朱裳，執戈揚楯，常以歲竟
> 十二月從百隸及童兒而時儺，以索宮中驅疫鬼也。〔註65〕

王充《論衡》〔註66〕也有所論及，但是《論衡》僅僅提到顓頊氏三子之說，而沒有提及方相氏。因襲此說法的，有《後漢書・禮儀志》注所引《漢舊儀》、晉干寶《搜神記》和晉郭璞《玄中記》。由於東漢以前的文獻中並未有相關記載，那麼這個說法的產生時代應當是比較晚起的，僅可姑備一說。

結合以上討論，我們認爲，方相氏在儺儀和葬禮中所驅除的鬼是不太相同的，在儺儀中驅除的疫鬼範圍比較寬泛，指各種能帶來疾病禍害的鬼怪，而在葬禮中驅除的鬼實際上具有特別針對性，即不具備實質形體的木石之怪，目的是防止他們驚擾到亡者的魂靈。

（3）方相氏的演化之一：儺儀

方相氏總是出現在儺儀和葬禮這兩個不同的場合，其在後世的傳承也是遵照這兩個脈絡來進行的。

關於儺儀的延續與繼承，早在唐代就已有人論及，如杜佑《通典》卷七十八《時儺》就對周代到唐代的儺儀作了一個整理與總結，後世如清秦蕙田《五禮通考》也作了較爲詳細的梳理。

儘管前人已經對儺儀之演變做出了歸納和總結，但是其中方相氏的變化演進情況仍然值得我們加以關注和探討。

最早的儺儀，也就是《周禮》所記載的「方相氏狂夫四人」，「蒙熊皮，黃金四目，玄衣朱裳，執戈揚盾，帥百隸而時難，以索室驅疫」。這已經概括了方相氏在儺儀中的人數（四人）、形貌（蒙熊皮、黃金四目、玄衣朱裳）、作用（帥百隸）等。

到了漢代，記載更爲明晰詳盡，包括了時間、參與者人數、儀式過程等因素。《後漢書》載：

> 先臘一日，大儺，謂之逐疫。其儀：選中黃門子弟年十歲以上、

〔註65〕蔡邕，獨斷〔M〕，文淵閣四庫全書本，卷上。
〔註66〕王充，論衡〔M〕，上海：上海古籍出版社，1990，卷22。

十二以下百二十人爲侲子，皆赤幘皂制，執大鞉。方相氏黃金四目，蒙熊皮，玄衣朱裳，執戈揚盾。十二獸有衣毛角。中黃門行之，冗從僕射將之，以逐惡鬼於禁中。夜漏上水，朝臣會，侍中、尚書、御史、謁者、虎賁、羽林郎將執事，皆赤幘陛衛。乘輿御前殿。黃門令奏曰：「侲子備，請逐疫。」於是中黃門倡，侲子和曰：「甲作食凶，胇胃食虎，雄伯食魅，騰簡食不祥，攬諸食咎，伯奇食夢，強梁、祖明共食磔死、寄生，委隨食觀，錯斷食巨，窮奇、騰根共食蠱，凡使十二神，追惡凶，赫女軀，拉女幹，節解女肉，抽女肺腸，女不急去，後者爲糧。」因作方相與十二獸儛，讙呼，周徧前後省三過，持炬火，送疫出端門。門外騶騎傳炬出宮，司馬闕門門外五營騎士傳火棄雒水中。百官官府各以木面獸能爲儺人師訖，設桃梗、鬱儡、葦茭畢，執事陛者罷。葦戟、桃杖以賜公、卿、將軍、特侯、諸侯云。〔註67〕

漢制的不同之處，首先是方相氏的人數。《後漢書》並未言明是「四人」，也沒有單獨列出人數，那麼很有可能僅僅是一人。其次，參與者由「百隸」變爲了從中黃門弟子（宦官）中選出來的「侲子」，並且有了固定的儺辭。我們還發現，儺儀中方相氏的地位較之周制有所下降，周禮的儺儀是以方相氏爲主體的，帥百隸而儺，而漢制的儺儀則把方相氏放到了次要的地位，方相氏不再是一個掌管儺儀的職官，宮中的整個儀式都在宦官的操持下完成。此外，值得注意的是，驅儺的責任被細化和具體化，其作用部分被儺辭中的「十二神」所取代。

漢以後，戰亂頻仍，但是儺儀一直保留了下來。現存文獻中，《隋書‧禮儀志》分別詳細記載了北齊和隋的儺儀。

齊制，季冬晦，選樂人子弟十歲以上、十二以下爲侲子，合二百四十人。一百二十人赤幘皁褠衣，執鞉；一百二十人赤布袴褶，執鞞角。方相氏黃金四目，熊皮蒙首，玄衣朱裳，執戈揚楯。又作窮奇、祖明之類凡十二獸，皆有毛角。鼓吹令率之，中黃門行之，冗從僕射將之，以逐惡鬼於禁中。其日戊夜三唱，開諸里門。儺者各集被服器仗，以待事，戊夜四唱，開諸城門，二衛皆嚴。上水一刻，皇帝常服即御座，王公執事官第一品已下、從六品已上陪列預觀。儺者鼓譟入殿西門，徧於禁內。分出二上合，作方相與十二獸

〔註67〕范曄，後漢書〔M〕，北京：中華書局，1965，卷15。

儺戲，喧呼周徧，前後鼓譟，出殿南門，分爲六道出於郭外。〔註68〕

齊制中一個明顯的變化是，倀子的選擇不再是「中黃門弟子」，而變成了「樂人子弟」，數量上面較漢制也翻了一倍。方相氏的地位跟漢制相差不大，但從「作方相與十二獸儺戲」一句可知，這時候的方相氏驅儺儀式已經接近於戲劇，觀賞的意味多過於神聖的儀式性。

同書：

> 隋制，季春晦儺，磔牲於宮門及城四門，以禳陰氣。秋分前一日，禳陽氣；季冬傍磔大儺，亦如之。其牲每門各用羝羊及雄雞一，選倀子，如後齊。冬八隊，二時儺則四隊。問事十二人，赤幘褠衣，執皮鞭。工人二十二人，其一人方相氏，黃金四目，蒙熊皮，玄衣朱裳；其一人爲唱師，著皮衣，執棒；鼓、角各十。有司預備雄雞、羝羊及酒於宮門爲坎。未明，鼓譟以入，方相氏執戈揚楯，周呼鼓噪而出，合趣顯陽門，分詣諸城門。將出，諸祝師執事預匿牲匈，磔之於門，酌酒禳祝，舉牲並酒埋之。〔註69〕

到了隋，方相氏的地位進一步降低，成爲「工人二十二人」中的一人，屬於樂官一類。

唐代儺儀的具體操作程序，又有所變化：

> 大儺之禮，選人年十二以上、十六以下爲倀子，假面，赤布袴褶。二十四人爲一隊，六人爲列。執事十二人，赤幘赤衣，麻鞭。工人二十二人：其一人方相氏，假面，黃金四目，蒙熊皮，黑衣朱裳，右執楯；其一人爲唱帥，假面，皮衣，執棒；鼓角各十。合爲一隊，隊別鼓吹令一人，太卜令一人，各監所部。巫師二人，以逐惡鬼於禁中。有司預備每門雄雞及酒，擬於宮城正門、皇城諸門磔禳設祭。太祝一人，齋郎三人，右校爲瘞埳，各於皇城中門外之右。前一日之夕，儺者赴集所，具其器服以待事。其日未明，諸衛依時刻勒所部，屯門列仗，近仗入陳於階，鼓吹令帥儺者各集於宮門外。內侍詣皇帝所御殿前奏：「倀子備，請逐疫。」出，命寺伯六人分引儺者於長樂門、永安門以入，至左右上合，鼓譟以進。方相氏執戈揚楯唱，倀子和，曰：「甲作食凶，胇胃食虎，雄伯食魅，騰簡食不

〔註68〕（唐）魏徵等，隋書〔M〕，北京：中華書局，1973，卷8。

〔註69〕魏徵等，隋書〔M〕，卷8。

祥，攬諸食咎，伯奇食夢，強梁、祖明共食磔死、寄生，委隨食觀，
錯斷食巨，窮奇、騰根共食蠱。凡使一十二神，追惡凶，赫汝軀，
拉汝幹，節解汝肉，抽汝肺腸。汝不急去，後者爲糧。」周呼訖，
前後鼓譟而出，諸隊各趨順天門以出，分詣諸城門，出郭而止。儺
者將出祝布、神席，當中門南向出，訖，宰手齋郎驅牲匈磔之神席
之西藉以席，北首齋郎酌清酒，太祝受，奠之。祝史持版於坐右，
跪讀祝文曰：「維某年歲次月朔日，天子遣太祝臣姓名昭告於太陰之
神。」興，奠版於席，乃舉牲並酒，瘞於埳。〔註70〕

「巫師二人，以逐惡鬼於禁中」，以及太祝、齋郎等職務的設立，皆說明了方
相氏的職能被進一步削弱，方相氏在唐代宮廷儺儀中的作用僅僅是唱儺辭以
及作儺舞，其他的儀式都被後來設立的職官所替代。

值得特別關注的是，唐代終於出現了方相氏進入民間儺儀的記載，這段
記載保留在《大唐開元禮》卷九十的《諸州縣儺》一段：

方相四人，俱執戈楯。唱率四人。（戈，今以小戟。方相、唱
率俱以雜職充之。）侲子（都督及上州六十人，中下州四十人，縣
皆二十人，其方相、唱率，縣皆二人。）取人年十五以下、十三以
上。雜職八人，四人執鼓，四人執鞭。前一日之夕，所司帥領宿於
州府門外。未辨色，所司白刺史，請引儺者入。將辨色，宦者二人
出門，各執青麾引儺者入。於是儺者擊鼓，俱噪呼鼓鞭，擊戈揚楯
而入，唱率唱，侲子和曰：「甲作食凶，肺胃食疫，雄伯食魅，騰簡
食不祥，覽諸食咎，伯奇食夢，強梁、祖明共食磔死、寄生，委隨
食觀，錯斷食巨，窮奇、騰根共食蠱。凡使一十二神，逐惡鬼凶，
赫汝軀，拉汝幹，節解汝肌肉，抽汝肝腸，汝不急去，後者爲糧。」
宦者引之，遍索諸室及門巷。訖，宦者引出中門，所司接引出，仍
鼓譟而出。出大門外，分爲四部，各趣城四門，出郭而止。初儺者
入，祝五人各帥執事者以酒脯各詣州門及城四門，儺者出，便酌酒
奠脯於門右，禳祝而止，乃舉酒脯埋於西南。其祝文曰：「維某年歲
次月朔日，祝姓名敢昭告於太陰之神，寒往暑來，陰陽之恒，度惟
神無泆其道，以屛凶屬，謹以酒脯之奠，敬薦於神。尚饗。」

可以看出，州縣儺儀與宮廷儺儀的實際差異並不大，但以前爲宮廷專用的「方

〔註70〕歐陽修、宋祁等，新唐書〔M〕，北京：中華書局，1986，卷16。

相氏」現在進入了州縣的儺儀，表明了方相氏在宮廷儺儀中的地位已經大不如前，不再作爲儺儀等級的主要區分標誌，失去了皇家專用權。此外，有一點值得引起注意，那就是在宮廷儺儀中，方相氏爲一人，而州儺儀中是四人，縣儺則是二人，宮廷儺儀中的方相氏人數反而不及州縣儺儀，這很令人費解。綜合各種因素考慮後，我們認爲這是因爲方相氏在宮廷儺儀中的職能被削弱，不再受到中央政府的特別重視，而因其以前是皇家專用，進入州縣儺儀後則受到了相當程度的重視。

宋代宮廷儺儀中，「方相氏」之名已不復見。《政和五禮新儀》曰：

> 凡四隊執事者十二人，著赤幘褲衣，執鞭；上人二人，其一著假面，黃金目，蒙熊皮，玄衣朱裳，右執戈，左揚楯；其一爲唱帥，著假面，皮衣，執捧；鼓、角各十，合爲一隊。〔註71〕

「著假面，黃金目，蒙熊皮，玄衣朱裳」明顯是方相氏的特徵，然而此處並不明確稱爲方相氏，而僅名以「上人」「儺者」，可見方相氏在宋時已經有淡出宮廷儺儀的趨勢。其州縣儺儀則與唐制大體相同。清秦蕙田《五禮通考》說：「自唐以後，儺之禮不見於正史。」因此未在其著作中加以引用，顯然是並未注意到《政和五禮新儀》中的記載。

元明清三代史書未載儺儀之事，故而也就沒有了方相氏出現的機會。儘管宮廷儺儀絕於元，但民間儺儀卻一直傳承至今，而方相氏則隨著民間儺儀的傳承而保留下來。

前文已經提到，方相氏本來是屬於宮廷儺儀的，後來地位逐漸下降，到唐代時在州縣儺儀中也出現了方相氏的身影。其實，民間儺儀對於方相氏的借鑒與吸納在更早的時期就已經出現了，這就是使用模仿方相氏而製作的假面來進行儺儀。

關於假面的源起，目前學界基本達成了統一的意見，那就是最早使用假面的是方相氏，後世驅鬼多用假面，也源於此。明費宏《文憲集·廣漢儺辭》載：

> 自漢至今，朝廷之儺雖廢而民間猶有存者，先臘一日，巷萌社隸飾鬼神貌，御五色龍虎文衣，巡門擊鼓而儺之。〔註72〕

明代民間儺儀的情況可見一斑。

〔註71〕（宋）鄭居中，政和五禮新儀〔M〕，文淵閣四庫全書本，卷163。
〔註72〕（明）費宏，文憲集〔M〕，文淵閣四庫全書本，卷29。同樣的記載在《明文衡》卷四則定爲宋濂所作。

根據目前學術界的研究，在唐宋以後，儺儀在民間就逐步發展演變爲儺戲，其主體神也由方相氏轉變成爲了鍾馗、判官、小妹等等，到了明清時期，更是與民間賽社儀式融合在一起，發展成爲以群體神爲主體的儺儀。這當中，儘管有很多地方已經無法再見到方相氏的面目，但我們在考察民間儺戲的時候確發現，山西民間的儺戲至今仍然保留有「跳方相」的內容，假面，四目，穿著大紅色的官袍，執戈持盾，驅除疫鬼〔註73〕，跟上古文獻當中的記載大體上相差不大，可見其傳承一直以來並未完全斷絕。

（山西民間賽社「跳方相」）

（4）方相氏的演化之二：葬禮

《周禮》稱，方相氏在葬禮中的作用有二：一是「大喪，先匶」，就是在大喪的時候作爲靈柩的引導與前驅；二是「及墓，入壙，以戈擊四隅，驅方良」，也就是到了墓地之後，先進入墓室之中，驅除方良這種鬼怪。

前文已述，上古時期無論在儺儀抑或葬禮中，方相氏都是屬於最高級別的使用。而最高級別以下的人在葬禮中使用的對應神則是魌頭。東漢鄭玄注

〔註73〕2006 年筆者在山西省長治市潞城縣賈村觀民間賽社儀式，其中有「跳方相」
　　　一節，其內容描述如上。

《周禮》方相氏一節時說：「蒙，冒也，冒熊皮者，以驚驅疫癘之鬼，如今魌頭也。」事實上，我們從相關的文獻可以發現，魌頭早在戰國時期已經出現，如《荀子・非相篇》：「仲尼之狀，面如蒙俱。」「俱」與「魌」同，這裡說的「俱」就是魌頭。那麼很有可能一開始魌頭就是與方相氏相對應的神祇，只是用於等級不同的葬禮罷了。

關於漢代方相氏的使用情況，《後漢書・禮儀志》記「大喪」曰：

> 大駕，太僕御。方相氏黃金四目，蒙熊皮，玄衣朱裳，執戈揚楯，立乘四馬先驅。

而太皇太后、皇太后崩亦如之，此等級以下則未有方相氏之設置。這說明在漢代方相氏仍然只出現於最高等級的喪葬典禮。

方相氏在葬禮中的使用，亦如同其在儺儀當中的情況一樣，隨著眾多神祇的出現，其地位逐步降低，逐漸爲各種等級的人所使用。文獻表明，這種狀況在晉代已經開始出現：

> 《晉公卿禮秩》曰：「上公薨者，給方相車一乘。安平王孚薨，方相車駕馬。」〔註74〕

安平王司馬孚並非帝王，其葬禮用方相，雖然是顯示其地位尊榮，但卻也表明方相氏使用範圍的擴大化。

到了北齊，出現了明確的等級規定：

> 後齊定令親王、公主、太妃、妃，及從三品已上喪者，借白鼓一面，喪畢進輸。王、郡公主、太妃、儀同三司已上及令僕，皆聽立凶門栢歷。三品已上及五等開國，通用方相；四品已下達於庶人，以魌頭。〔註75〕

隋代更改爲：

> 四品已上用方相，七品已上用魌頭。〔註76〕

以前只是天子、太后等屬於國家最高等級的人才能使用的方相氏，現在可以用於高官（四品已上），說明了這個時期方相氏的使用逐步開始蔓延至下層。

到了唐代，其使用範圍進一步擴展：

> 其方相四目，五品已上用之；魌頭兩目，七品以上用之，並玄

〔註74〕（宋）李昉、徐鉉等，太平御覽〔M〕，四部叢刊三編影宋本，卷552。

〔註75〕（唐）魏徵等，隋書〔M〕，北京：中華書局，1973，卷8。

〔註76〕（唐）魏徵等，隋書〔M〕，卷8。

衣朱裳，執戈楯，載拎車。〔註77〕

在北齊還是三品已上才可使用的方相氏，到了唐代已經擴大到五品已上。宋代的規定大致與唐代差不多，但能使用方相氏的官階卻又依從隋代（「四品已上」）〔註78〕。

　　儘管宋代朝廷頒佈的律令裏面嚴格規定了方相氏的使用範圍，但是我們仍然發現，宋代民間已經開始廣泛使用方相氏。王栐《燕翼詒謀錄》載：

　　　　太平興國六年，又禁送葬不得用樂，庶人不得用方相、魁頭。
　　今犯此禁者，所在皆是也。祖宗於移風易俗留意如此，惜乎州縣間
　　不能舉行之也！〔註79〕

一句「所在皆是」，道盡了宋代葬禮中方相氏使用之普遍情況。又《東京夢華錄》載：

　　　　若凶事出殯，自上而下，凶肆各有體例。如方相、車輿、結絡、
　　彩帛，皆有定價，不須勞力。尋常出街市幹事，稍似路遠倦行，逐
　　坊巷橋市，自有假賃鞍馬者，不過百錢。〔註80〕

方相等物可以直接在市場上面買到，也足以說明了其流行程度。另外，既然方相氏是作爲物品用於販賣的，那麼這個時候的方相氏顯然與上古時期眞人扮演的方相氏有明顯的不同了。呂祖謙《東萊集》卷三載：

　　　　古禮方相氏乃狂夫四人，世俗乃用竹結縛爲之，不應古制，今
　　參定魁頭，當使人服深青衣，朱裳，（冠且用世俗所造方相氏之冠），
　　戴假面，黃金兩目（即世俗所謂面具也），執戈揚盾（近胡文定公之
　　葬，方相用人）。〔註81〕

這段記載不僅說明了在宋代普通人家葬禮已經開始使用方相氏，而且「近胡文定公之葬，方相用人」一句還說明，當時方相氏的使用有用人（以眞人扮演）的，也有用物的（「以竹結縛爲之」），但這時候已經是用物的居多，而用人的很少了。

　　這種以物代人的方相氏，似乎在唐代時就已經出現，《太平廣記》卷三百七十一引牛肅《紀聞》曰：

〔註77〕（唐）李林甫等，唐六典〔M〕，西安：三秦出版社，1991，卷18注文。
〔註78〕（元）脫脫等，宋史〔M〕，卷124。
〔註79〕（宋）王栐，燕翼詒謀錄〔M〕，北京：中華書局，1981，卷3。
〔註80〕（宋）孟元老，東京夢華錄〔M〕，北京：中華書局，1982，卷4。
〔註81〕（宋）呂祖謙，東萊集〔M〕，文淵閣四庫全書，卷3。

武德功臣孫實不疑，爲中郎將，告老歸家。家在太原，宅於北
郭陽曲縣。……而太原城東北數里，常有道鬼，身長二丈，每陰雨
昏黑後，多出。人見之，或怖而死。諸少年言曰：「能往射道鬼者，
與錢五千。」餘人無言，唯不疑請行。……不疑既至魅所，鬼正出
行。不疑逐而射之，鬼被箭走。不疑追之，凡中三矢，鬼自投於岸
下，不疑乃還。……明日，往尋所射岸下，得一方相，身則編荊也，
其傍仍得三矢。〔註82〕

拋開其神異部分不談，寶不疑故事中提到的這個方相「身則編荊」，則可說明
是以荊條爲之。關於方相氏的製作，清徐乾學《讀禮通考》引《姚翼家規・
通俗編》曰：「《周禮》『方相氏狂夫四人』，家禮大夫士之喪用二人，爲魌頭。
今俗用竹爲格，糊紙爲人，長丈餘，執戈，導柩先行，謂之開路神，方相之
遺意也。從古從今無所不可。」〔註83〕說明方相氏在後世都是以紙人爲之，
以眞人扮作方相氏的做法已經逐步被替代從而消失了。

　　宋代以後，方相氏在葬禮中的使用更爲普遍化，後世文獻記載足可見其
一斑。如明代沈榜《宛署雜記》：

萬曆十四年間，奉司禮監傳取用潞王長女送葬棺木銀伍拾兩，
七七紙三拾兩，香油貳百斤，銀四兩，……造方相、冥器、紙張工
價銀陸拾兩。〔註84〕

又明人張瀚《松窗夢語》：

余所見富室王舉父喪，喪儀繁盛，至倩優侏絢裝前導，識者歎
之。後與胡端敏嗣君純交，悉其行事謹身節用，敦篤姻族，訓戒家
人，修治墳墓，皆若父訓，迨舉父喪，一遵《家禮》。所列惟方相、
香亭、神亭、旌亭、包筍、銀瓶、把花、雪柳而已。鼓樂陳而不作，
盡削杭城繁縟之習。可謂善繼志矣。〔註85〕

類似的關於葬禮的描述在明清文學作品中多見之，方相氏爲後世所熟知也多
由此。

　　前文在描述方相氏在古代葬禮中的使用時，說明了方相氏在宋代時已經
是以紙人爲之，作爲葬禮的先導，而這種紙人在後世還產生了另外的名稱——

〔註82〕　（宋）李昉等編，太平廣記〔M〕，北京：中華書局，1961，卷371。
〔註83〕　（清）徐乾學，讀禮通考〔M〕，文淵閣四庫全書本，卷96。
〔註84〕　（明）沈榜，宛署雜記〔M〕，北京：北京出版社，1961年，卷20。
〔註85〕　（明）張瀚，松窗夢語〔M〕，北京：中華書局，1985年，卷7。

—「開路神」、「顯（險）道神」。

　　根據現有文獻記載，「險道神」一辭最早出現於《事物紀原》一書：

　　　　《軒轅本紀》曰：帝周遊時，元妃、嫘祖死於道，令次妃嫫母
　　　監護，因置方相，亦曰防喪。此蓋其始也，俗號「險道神」，抑由此
　　　故爾。《周禮》有「方相氏狂夫四夫，大喪，先匶；及墓入壙，以戈
　　　擊四隅，驅方良」，故葬家以方相先馳。〔註86〕

但此書已非宋本原貌，如四庫提要即認為後人多有補益：「陳振孫《書錄解題》
亦云：《中興書目》作十卷，高承撰，元豐中人，凡二百十七事。今此書多十
卷，且數百事，當是後人廣之云云。今檢此本所載，凡一千七百六十五事，
較振孫所見更倍之，而仍作十卷，又無項彬原序，與陳趙兩家之言俱不合，
蓋後來又已有所增並，非復宋本之舊矣。」既然此書所記難以篤定是宋代所
有，並且趙宋其他文獻均無「險道神」之記載，反而見諸明代文獻中者頗多，
因此我們認為：「險道神」這個稱呼很可能是產生於明代的。另外，「險道神」
也被寫作「顯道神」。

　　由於「險（顯）道神」是稱呼驅鬼的方相氏，而方相氏又兇惡非常，所
以明代頗有反對勢力以此為號。《明史紀事本末》載「中原羣盜」云：

　　　　（崇禎四年）六月癸卯，曹文詔擊斬王嘉運於陽城，其黨復推
　　　王自用為首，號曰「紫金梁」，其黨自相名目有「老回回」、「八金剛」、
　　　「闖王」、「闖將」、「八大王」、「掃地王」、「闖塌天」、「破甲錐」、「邢
　　　紅狼」、「亂世王」、「混天王」、「顯道神」、「鄉里人」、「活地草」等，
　　　分為三十六營。〔註87〕

此外，明代小說《水滸傳》中亦有梁山好漢以「顯道神」為諢名者（郁保
四）。

　　除了「險道神」以外，方相氏還有另外一個名稱「開路神」。顧名思義，
這是因為方相氏作為葬禮的引導者的身份而得名的。而「開路神」這個稱呼
與「顯道神」實際上是相對應的，其意義也大致相同。明劉元卿《賢弈編》
云：

　　　　軒轅黃帝周遊，元妃嫘祖死於道，令次妃嫫母監護，因置方
　　　相以防夜，蓋其始也，俗名「險道神」、「阡陌將軍」，又名為「開

─────────────

〔註86〕　（宋）高承，事物紀原〔M〕，北京：中華書局，1989年，卷9。
〔註87〕　（清）谷應泰，明史紀事本末〔M〕，中華書局，1977年，卷75。

路神」。〔註88〕

又《金瓶梅詞話》第六十五回寫李瓶兒葬禮：「猙猙獰獰開路鬼，斜擔金斧；忽忽洋洋險道神，端秉銀戈。」前引清人谷應泰《讀禮通考》的一段文字也說明了「開路神」這個名稱的流行。在《西遊記》中，也有關於「開路神」的比喻：「（八戒）把腰一躬，就長了有八九丈長，卻似個開路神一般。」（第二十九回）可見其爲當時人所熟知。

方相氏在明代被一分爲二，成爲了開路神與顯道神，這顯然是受到了《封神演義》的影響。《封神演義》創造了兩個人物方相和方弼，「方弼」這個名稱顯然是對應「方相」而設，因「弼」「相」皆是輔佐之義。《封神演義》最後再借姜子牙封神之名義，將兩兄弟分別封爲開路神和顯道神。隨著《封神演義》以各種文藝形式在民間的廣泛流行，方相、方弼兩兄弟也進入了民間信仰的行列，逐漸取代方相氏一人在葬禮中的地位，而演變成爲驅鬼兩兄弟。

方弼、方相深入人們的生活程度，從明清時期的其他作品中可窺見一斑。如《聊齋誌異》卷七寫金和尙葬禮：

> 方弼、方相，以紙殼製巨人，皀帕金鎧，空中而橫以木架，納活人內負之行。設機轉動，鬚眉飛舞，目光鑠閃，如將叱咤。觀者驚怪，或小兒女遙望之，輒啼走。〔註89〕

上述用例說明，到了清代的時候，人們已經普遍性地接受了《封神演義》創造的這兩個人物，直接把他們用於葬禮之中，替代了方相氏。

〔註88〕（明）劉元卿，賢弈編〔M〕，明陳繼儒寶顏堂秘籍本，附錄。
〔註89〕（清）蒲松齡，聊齋誌異〔M〕，上海：上海古籍出版社，1979，卷7。

第四章 結 論

　　《西遊記》與《封神演義》這兩部小說，雖然是純屬虛構，但是其中大部分的神祇卻來自於民間，因此能夠在一定程度上反映當時中國民間的信仰狀況。在其成書之後，由於在民間的廣泛流傳，又促進了民間信仰的發展，甚至由此而衍生出新的信仰，如孫悟空信仰、豬八戒信仰等。可以說對中國明清乃至以後的民間信仰狀況有著深遠的影響。因此，在某種程度上，以這兩部小說爲代表的神魔小說實際上可以視作新神話的產生。《西遊記》乃至《封神演義》當中各種神祇的紛陳，在民眾心目當中樹立起了新的偶像，各個多姿多彩的神祇故事的流傳，也極大地豐富著明清以後民眾的精神生活。

　　明清時期乃至於當代中國普通民眾的信仰世界，在某種程度上說，在很大程度上並非是由佛教或者道教這樣的正統宗教構建的，而是依賴於像《西遊記》、《封神演義》這類廣泛傳播的文學作品。這些文學作品中的神祇、觀念等，來自於各個渠道，諸如佛教、道教、中國傳統信仰亦或民間新創，經過文學創作者的融合之後，形成了一個相對完整的信仰體系。這個信仰體系是寬泛的、開放的，我們能夠感覺到它的存在，但是卻很難對其進行明晰的描述；各種神祇在這個體系中各居其位、各司其職；東西方不同的觀念在這個體系中得到了水乳交融般的糅合，甚至很多外來的神祇、觀念等已經很難看清其本來面目了，而會誤認是中國本土所固有。

　　在這個由通俗文學作品所建構的民間信仰譜系的形成過程中，《西遊記》所起的作用尤爲巨大。

　　首先，它對佛、道（包括中國民間信仰）兩個信仰譜系的融合方式頗具特色，構建了一個相互共存的世界，這個世界實際上反映了東、西兩種文化

在中國的傳播不但並行不悖，並且多有交錯之處，甚至某些信仰觀念我們今天已經很難分辨其來源。

其次，《西遊記》對於整個民間信仰譜系中神祇的安排方式也影響巨大，它吸納了過去民間信仰譜系的內容，並對之進行相應的排序與加工，從而基本上決定了明清乃至以後民眾心目中的神祇秩序。此後，明代其他以信仰爲主要內容之一的文學作品，尤以《封神演義》爲代表，則從某種意義上豐富和完善了由《西遊記》首先建構起來的這一信仰譜系，使得裏面的神祇故事更爲完整，更廣爲人知，同時也在一定程度上改變了某些信仰（如財神信仰等）的狀況。陳建憲在其《玉皇大帝信仰》一書中就說：「將中國古代宗教信仰加以系統整理，組織成以玉帝爲首的神靈系統，并加以文學化、通俗化，促使其在民眾中廣泛流傳，是《西遊記》的一大成功。在《西遊記》之前，雖然包括玉帝在內的各種信仰部已存在，但一則各種信仰系統並存，老百姓無所適從；二則佛、道經典玄奧晦澀，老百姓不易接受。《西遊記》出版後，改變了這種狀況。在這本書中，人民創造了一個從未有過的絢麗多彩的天上世界，那裡有金碧輝煌的諸神行宮，也有水色山光掩映的瓊樓玉宇，每一位神靈都在玉帝麾下各居其位，各司其職。這樣嚴整的神靈系統，在過去的文藝作品中是從未有過的。」〔註1〕

《封神演義》在文學史上一般都被認爲價值不高，卻是一部民間廣受歡迎的小說，甚至其中的許多故事在民間被熟知的程度，更甚於其他一般評價較高的作品，其原因則應當與信仰的力量有關。熟悉的各類神話角色，加深了讀者的親切感，各種角色又帶有神奇色彩，天馬行空的想像，層出不窮的法寶，這些都使得小說內容十分精彩，而奇幻的仙山海島、引人矚目的神奇法術等，更是小說裏不可或缺的部分，這些描寫使得《封神演義》充滿趣味、變化和想像力，成爲一部廣受歡迎的作品。就其對民眾無窮無盡的吸引力而言，在某種程度上說，是信仰成就了《封神演義》這部小說。

在由《西遊記》和《封神演義》所構建起的民間信仰譜系當中，佛教無疑佔有重要地位：大量的神祇來自於佛教，如觀音、文殊、地藏、四大天王、閻王、托塔天王等等；有很多神祇從表面上已經完全看不出其本來面目，但依然可以從留存下來的文獻中考見其由佛教中變化而來的過程；很多觀念同樣來自佛教，如地獄、轉世、輪迴等；這些異國的神祇與觀念傳入中國以後，與中國

〔註 1〕陳建憲，玉皇大帝信仰〔M〕，北京：學苑出版社，1994，p.125。

本土信仰文化不斷地交融與糅合，最終與儒、道兩家調和適應，真正徹底地融入了中國民間，成為了中國文化不可或缺的一個部分。在考察這個民間信仰譜系建構的過程當中，也可以窺見這一中外文化相互影響和融合的進展。

儘管佛教對中國文化影響如此之巨大，但是千百年來，中國本土的一些觀念與信仰仍然延續了下來，比如道教強調的養生延命觀念、民眾對於宗教信仰的實用態度和功利性態度等等。正因為如此，中國的信仰文化完全不同於其他國家，具有鮮明的特徵，成為了一種獨特的文化現象。

兩部小說中的神祇來源不僅來自於佛、道二教，民間原有的神祇也是其重要來源。比如小說中的八部正神中山神、雷神、火神、瘟神、水神、羣星、財神等，都是民間信仰中原有的神明，但是透過小說的改寫，又獲得了新的形象與身份。五嶽神因《封神演義》而確立形象，曾勤良即認為臺灣所奉的五嶽大帝完全出於封神﹝註2﹞；雷神有聞仲的說法，而信仰中的雷神形象又像雷震子；趙公明原為瘟神、地府神，《三教源流搜神大全》中的趙公明有「買賣公平」事務的協調職能，不過一直到《封神演義》，財神的形象才確定。除此之外，二郎神和哪吒更是《西遊記》和《封神演義》影響民間信仰的重要人物。中國古代傳說中，名為二郎神的有很多，《西遊記》只提到二郎神姓楊，而《封神演義》流行之後，二郎神為楊戩的說法便盛行民間了，透過小說，其形象也使人們更加崇敬，廟宇塑像也接近《封神演義》所述。而哪吒原為佛經角色，後來被道教引用，再被寫入《西遊記》和《封神演義》當中，於是便成為了家喻戶曉的神明。

透過對《西遊記》和《封神演義》中的信仰因素研究，可以發現，明清時期乃至以後，文學作品與民間信仰之間實際上存在著一種互動關係：文學創作者將民間信仰作為素材吸納進文學作品之中，文學作品再通過各種形式在民眾之間流傳，如說唱、評書、戲劇等等，轉而又對民間信仰產生了極為重大的影響。這樣便形成了一種相互影響、相互促進的傳播鏈條：信仰←→文學←→信仰。在這個鏈條當中，文學作品作為信仰變化的見證者與推動者存在，信仰則通過文學的反映與傳播而得到進一步的擴展，同時，文學中的信仰因素也在一定程度上推動了文學作品的廣泛流傳。二者之間的交錯與互動情況，值得詳加探討。本文所論，不過冰山一角，很多具體的、細微的情況仍然需要我們進行深入的研究和檢討。

﹝註2﹞曾勤良，臺灣民間信仰與封神演義之比較研究﹝M﹞，臺北：華正書局，1985，p.122。

參考文獻

【古籍】

1. 白居易，白氏長慶集〔M〕，四部叢刊本。
2. 北方毘沙門天王隨軍護法儀軌，大正藏 T21，no.1247。
3. 蔡邕，獨斷〔M〕，文淵閣四庫全書本。
4. 褚人獲，堅瓠集‧餘集〔M〕，全國圖書館文獻縮微複製中心 2002 年 4 月。
5. 大阿羅漢難提蜜多羅所說法住記，大正藏 T49，no.2030。
6. 大方廣佛華嚴經，大正藏 T09，no.278。
7. 大方廣佛華嚴經，大正藏 T10，no.279。
8. 大妙金剛大甘露軍拏利焰鬘熾盛佛頂經，大正藏 T19，no.965。
9. 道宣，廣弘明集〔M〕，大正藏 T52，no.2103。
10. 杜預注、孔穎達等正義，春秋左傳正義〔M〕，北京：中華書局，1980。
11. 范濂，雲間據目鈔〔M〕，筆記小說大觀，第十三冊，江蘇廣陵古籍刻印社，1984。
12. 范曄，後漢書〔M〕，北京：中華書局，1965。
13. 費宏，文憲集〔M〕，文淵閣四庫全書本。
14. 佛說大阿彌陀經，大正藏 T12，no.364。
15. 佛說觀佛三昧海經，大正藏 T15，no.643。
16. 佛說七俱胝佛母準提大明陀羅尼經，大正藏 T20，no.1075。
17. 佛說最上秘密那拏天經，大正藏 T21，no.1288。
18. 高承，事物紀原〔M〕，北京：中華書局，1989。
19. 高上玉皇本行集經，《道藏》第一冊，文物出版社、上海書店、天津古籍

出版社聯合出版，1988。

20. 龔明之，中吳紀聞〔M〕，上海：上海古籍出版社，2012。

21. 古尊宿語錄，卍續藏 X68，no.1315。

22. 谷應泰，明史紀事本末〔M〕，中華書局，1977。

23. 郭璞注、邢昺疏，爾雅注疏〔M〕，《十三經注疏》影印本，北京：中華
書局，1980。

24. 漢武帝內傳，文淵閣四庫全書本。

25. 焦東周生，揚州夢〔M〕。

26. 金剛頂瑜伽護摩儀軌，大正藏 T18，no.909。

27. 金光明經照解，卍續藏 X20，no.361。

28. 鳩摩羅什譯，佛說阿彌陀經，大正藏 T12，no.366。

29. 可恭，宋俘記〔M〕，靖康稗史本。

30. 蘭陵笑笑生，金瓶梅詞話〔M〕，北京：人民文學出版社，2000。

31. 老子銘，文淵閣四庫全書本。

32. 李百藥，北齊書〔M〕，北京：中華書局，1972。

33. 李昉、徐玹等編，文苑英華〔M〕，北京：中華書局，1986。

34. 李昉、徐鉉等，太平御覽〔M〕，四部叢刊三編影宋本。

35. 李昉等編，太平廣記〔M〕，北京：中華書局，1961。

36. 李復言，續玄怪錄〔M〕，北京：中華書局，1982 年 9 月。

37. 李樂，見聞雜記〔M〕，上海：上海古籍出版社，1986。

38. 李林甫等，唐六典〔M〕，西安：三秦出版社，1991。

39. 李通玄，新華嚴經論〔M〕，大正藏 T36，no.1739。

40. 李延壽，南史〔M〕，北京：中華書局，1975。

41. 李陽冰，縉雲縣城隍神記〔Z〕，《全唐文》卷 437，北京：中華書局，1982。

42. 凌蒙初，初刻拍案驚奇〔M〕，北京：中華書局，2001 年 10 月。

43. 劉昫等，舊唐書〔M〕，北京：中華書局，1975。

44. 劉元卿，賢弈編〔M〕，明陳繼儒《寶顏堂秘籍》本。

45. 羅貫中，三國演義〔M〕，北京：人民文學出版社，1998。

46. 呂祖謙，東萊集〔M〕，文淵閣四庫全書本。

47. 孟元老，東京夢華錄〔M〕，北京：中華書局，1982。

48. 妙法蓮華經，大正藏 T09，no.262。

49. 歐陽修、宋祁等，新唐書〔M〕，北京：中華書局，1986。

50. 歐陽修、宋祁等，新唐書〔M〕，北京：中華書局，1986。

51. 藕益智旭，梵網經懺悔行法，卍續藏 X60，no.1137。

52. 蒲松齡，聊齋誌異〔M〕，上海：上海古籍出版社，1979。

53. 七佛八菩薩所説大陀羅尼神咒經，大正藏 T21，no.1332。

54. 起世經，大正藏 T01，no.24。

55. 僧一行修述，梵天火羅九曜，大正藏 T21，no.1311。

56. 上清十一大曜燈儀，正統道藏洞眞部威儀類。

57. 沈榜，宛署雜記〔M〕，北京：北京出版社，1961。

58. 石介，徂徠石先生文集〔M〕。

59. 石玉昆，七俠五義〔M〕，西安：三秦出版社，2007 年 5 月。

60. 釋道誠，釋氏要覽〔M〕，大正藏 T54，no.2127。

61. 釋道宣，關中創立戒壇圖經，大正藏 T45，no.1892。

62. 釋道原，景德傳燈錄，大正藏 T51，no.2076。

63. 釋慧思，南嶽思大禪師立誓願文〔Z〕，大正藏 46 冊，no.1933。

64. 釋慧思，受菩薩戒儀〔M〕，卍續藏 59 冊，no.1085。

65. 釋僧祐，弘明集〔M〕，上海：上海古籍出版社，1991 年 8 月。

66. 釋善卿，祖庭事苑〔M〕，卍續藏 X64，no.1261。

67. 釋贊寧，宋高僧傳，大正藏 T50，no.2061。

68. 釋志磐，佛祖統紀，大正藏 T49，no.2035。

69. 司馬遷，史記〔M〕，北京：中華書局，1982。

70. 陶宗儀編，説郛〔M〕，《説郛》三種，上海：上海古籍出版社，1988。

71. 脱脱等，宋史，北京：中華書局，1977。

72. 王充，論衡〔M〕，上海：上海古籍出版社，1990。

73. 王士禛，池北偶談〔M〕，北京：中華書局，1982。

74. 王栐，燕翼詒謀錄〔M〕，北京：中華書局，1981。

75. 王毓賢，繪事備考〔M〕，文淵閣四庫全書本。

76. 王昭禹，周禮詳解〔M〕，文淵閣四庫全書本。

77. 韋應物，韋江州集〔M〕，四部叢刊本。

78. 韋昭，國語注〔M〕，四部叢刊初編本。

79. 魏徵等，隋書〔M〕，北京：中華書局，1973。

80. 吳曾，能改齋漫錄〔M〕，上海：上海古籍出版社，1979。

81. 夏庭芝，青樓集〔M〕，上海古典文學出版社。

82. 新編連相搜神廣記，《藏外道書》第 31 冊，成都：巴蜀書社，1992。

83. 邢雲路，古今律曆考〔M〕，文淵閣四庫全書本。

84. 修行本起經，大正藏 T03，no.184。

85. 徐乾學，讀禮通考〔M〕，文淵閣四庫全書本。

86. 玄奘口述、辯機執筆，大唐西域記，大正藏 T51，no.2087。

87. 玄奘譯，般若波羅蜜多心經，大正藏 T08，no.251。

88. 佚名，開封府狀〔M〕，靖康稗史本。

89. 張瀚，松窗夢語〔M〕，北京：中華書局，1985。

90. 張君房，雲笈七籤〔M〕，北京：中華書局，2004。

91. 張廷玉等，明史〔M〕，北京：中華書局，1974。

92. 長阿含經，大正藏 T01，no.1。

93. 鄭居中，政和五禮新儀〔M〕，文淵閣四庫全書本。

94. 鄭文寶，江表志〔M〕，北京：中華書局，1991。

95. 鄭玄注，賈公彥疏，周禮注疏〔M〕，北京：中華書局，1980。

96. 朱熹，詩經集傳〔M〕，上海：上海古籍出版社，1987。

【論文】

1. 〔法〕石泰安，觀音，從男神變女神一例〔C〕，耿升譯，法國漢學第二輯，
   北京：清華大學出版社，1997：p86～192。

2. 〔日〕濱島敦俊：明清江南城隍考〔C〕，唐史研究會編中國城市的歷史
   研究第 4 集，1988。

3. 〔日〕濱島敦俊，明清江南城隍考·補考〔C〕，唐史研究會編中國的
   城市和農村，1992。

4. 〔日〕濱島敦俊，明清江南城隍考——商品經濟的發達與農民信仰〔J〕，
   中國社會經濟史研究，1991（1）。

5. 〔日〕濱島敦俊，近代江南海神李王考〔A〕，張炎憲編，中國海洋發展史
   論文集：第三輯〔C〕，臺北：中央研究院三民主義研究所，1988。

6. 〔日〕濱島敦俊，明清江南農村的商業化與民間信仰的變質——圍繞
   「總管信仰」〔A〕，葉顯恩編，清代區域社會經濟研究〔C〕，北京：
   中華書局，1992。

7. 〔日〕濱島敦俊，近代江南金總管考〔A〕，唐力行編，家庭、社區、
   大眾心態變遷國際學術研究會論文集〔C〕，合肥：黃山書社，1999。

8. 總管信仰——近世江南農村社會與民間信仰〔M〕，日本：研文出版社，
   2001。

9. 〔日〕濱島敦俊，朱元璋政權城隍改制考〔J〕，史學集刊，1995（4）：

p4～11。

10. 〔日〕山下一夫：《封神演義》西方教主考〔J〕，圓光佛學學報，1999（2）：241～259 頁。

11. 〔日〕山下一夫，《封神演義》作者〔J〕，藝文研究，日本東京：慶應義塾大學藝文學，1997（72）。

12. 〔日〕西上青曜，觀世音菩薩圖像寶典，唵阿吽出版社，1998（5）。

13. 〔英〕Stephan Feuchtwang，學宮與城隍〔A〕，〔美〕施堅雅，中華帝國晚期的城市中譯本〔C〕，中華書局 2000 年，p708。

14. Chang, Cornelius Patrick, "A Study of the Paintings of the Water-moon Kuan Yin", Printed by microfilm/ serography on acid-free paper in 1986 by University Microfilms International, Ann Arbor, Michigan, USA

15. Mary Virginia Thorell, "Hindu Influence Upon the Avolokitesvara Sculptural Representations of the Pala and Sena Periods", California State University Library, Long Beach, January 1975.

16. Tove E, Nevile, "Eleven-headed Avalokitesvara: Its Origin and Iconography", Munshiram Manoharlal Publishers Pvt. Ltd.., New Delhi, 1999.

17. Vignato, Giuseppe： "Chinese Transformation of Buddhism： The Case of Kuanyin", Micro-published by Theological Research Exchange Network, Portland, Oregon 1994；John larson & Rose kerr "Guanyin：A masterpiece Revealed", Victoria and Albert Museum 1985.

18. 曹琳，四目・方相管蠡〔J〕，民族藝術，1994（4）。

19. 陳建坡，「『民間信仰與中國社會』編纂研討會」綜述〔J〕，文史哲，2006（1）：164。

20. 陳建憲，論玉皇文化的起源、結構與功能〔J〕，湖北民族學院學報（哲學社會科學版），2001（02）。

21. 陳清香，觀世音菩薩的形象研究〔J〕，華崗佛學學報，1973（3）。

22. 陳清香，千手觀音像造型之研究〔J〕，空大人文學報，1993（2）。

23. 陳煒舜，釋罔兩〔J〕，海南師範學院學報（社會科學版），2005（6）：122～125。

24. 陳寅恪，《西遊記》玄奘弟子故事之演變，郁龍余編，中印文學關係源流〔C〕，長沙：湖南文藝出版社，1987。

25. 程嘯，民間宗教與義和團揭帖〔J〕，歷史研究，1983（2）。

26. 蓋建民，民間玉皇信仰與道教略論〔J〕，江西社會科學，2000，（08）。

27. 宮治昭，斯瓦特的八臂觀音救難坐像浮雕——敦煌與印度的關係〔J〕，敦煌研究 2000，（3）。

28. 古正美，從佛教思想史上轉身論的發展看觀世音菩薩——中國造像史上轉男成女像的由來〔J〕，東吳大學中國藝術史集刊第 15 期，1987 年 2 月。

29. 顧樸光，方相氏面具考〔J〕，貴州民族學院學報（哲學社會科學版），1990（3）。

30. 胡適，《西遊記》考證，載胡適文存〔M〕，亞東圖書館，1928，二集卷四。

31. 黃崇鐵，金銅佛造像特展——以三十三觀音爲中心的探討〔J〕，歷史博物館學報總第 7 期，1997 年 12 月。

32. 季羨林，《西遊記》裏面的印度成分，中印文化關係史論文集〔C〕，北京：三聯書店，1982。

33. 焦杰，灌口二郎神的演變〔J〕，四川大學學報（哲學社會科學版），1998（03）。

34. 金鼎漢：《封神演義》中幾個與印度有關的人物〔J〕，南亞研究，1993（3）。

35. 康保成，古劇腳色「丑」與儺神方相氏〔J〕，戲劇藝術，1999（4）。

36. 李利安，觀音心眼研究現狀評析，中國宗教研究年鑒（2003～2004）〔M〕，北京：中國社會科學出版社，2006 年。

37. 李翎，藏密救六道觀音像的辨識——兼談水月觀音像的產生〔J〕，佛學研究 2004 年刊。

38. 李耀仙，二郎神考〔J〕，四川師範學院學報（哲學社會科學版），1998（01）。

39. 林福春，論觀音形象之變遷〔J〕，宜蘭農工學報總第 8 期，1994 年 6 月。

40. 凌淑菀，臺灣城隍信仰的建立與發展（1683～1945）〔D〕，臺灣中正大學歷史研究所碩士論文，2003 年。

41. 劉繼漢，從閻立本的「楊枝觀音」談觀音畫像的演變及其他〔J〕，正法研究創刊號，1999 年 12 月。

42. 劉彥軍，十一面觀音〔J〕，文物春秋 2005 年第 3 期。

43. 柳存仁，《封神演義》作者陸西星〔J〕，宇宙風，1940（24）。

44. 洛克什·錢德拉著、楊富學譯，敦煌壁畫中的觀音〔J〕，敦煌學研究 1995，（2）。

45. 馬新，論兩漢民間的巫與巫術〔J〕，文史哲，2001，（03）。

46. 孟海生，關公文化淵藪及其發展概探〔J〕，運城學院學報，1998，（02）

47. 孟文筠，明代以來城隍故事與信仰〔D〕，臺灣花蓮師範學院民間文學研究所碩士論文，2004 年。

48. 潘亮文，有關觀音像流傳的研究成果和課題〔J〕，藝術學總第 18 期，1997 年 8 月。

49. 錢茀，「方相四目」圖說〔J〕，民族藝術，1995（2）。

50. 錢茀，儺源考——論周代「方相行爲」的原始傳統〔J〕，貴州民族學院學報（哲學社會科學版），1991（3）。

51. 山下一夫，《封神演義》西方教主考，圓光佛學學報第三期，1999（2），241～259 頁。

52. 汪曉雲，「方相」與「鍾馗」的發生學研究〔J〕，藝術探索，2005（2），45～51 頁。

53. 王丹，從觀音形態之流變看中國佛教美術世俗化、本土化的過程〔J〕，河北師範大學學報 2003 年第 3 期。

54. 王琰玲，城隍故事研究〔D〕，臺灣中國文化大學中文所碩士論文，1994 年。

55. 韋鳳娟，從「地府」到「地獄」——論魏晉南北朝鬼話中冥界觀念的演變〔J〕，文學遺產，2007，（01）。

56. 蕭兵，面具眼睛的辟邪禦敵功能——從泛太平洋文化之視角看三苗、饕餮、吞口、蚩尤、方相以及三星堆「筒狀目睛」神巫的類緣關係〔J〕，淮陰師範學院學報（哲學社會科學版），1994（4）。

57. 蕭兵，眼睛紋：太陽的意象——饕餮紋、方相氏黃金四目、獨目人、三眼神及龍舟鷁首之謎的解讀〔J〕，淮陰師範學院學報（哲學社會科學版），1991（3）。

58. 蕭放，論荊楚文化的地域特性〔J〕，湖北民族學院學報（哲學社會科學版），2001（02）。

59. 顏亞玉，城隍祭起源與城隍原型探析〔J〕，吉林大學社會科學學報，1999（2）：87～92。

60. 楊秉祺，章回小說《西遊記》疑非吳承恩作〔J〕，內蒙古師範大學學報，1985（2）。

61. 楊天厚，金門城隍信仰研究〔D〕，臺灣中山大學中國文學系碩士論文，2003 年。

62. 張富春，論瘟神趙公明是怎樣成爲財神的〔J〕，宗教學研究，2006（1）；王家祐，漫話財神趙公明〔J〕，文史雜誌，2003（5）。

63. 張澤洪，城隍神及其信仰〔J〕，世界宗教研究，1995（1）：109~116。

64. 張政烺，《封神演義》漫談〔J〕，世界宗教研究，1982（4）。

65. 張子開，「西天」斠考，第三屆玄奘國際學術研討會論文集〔C〕，成都：四川辭書出版社，2008，p.689～695。

66. 張子開，觀世音性別的歷史演變略考〔J〕，（馬來西亞）無盡燈，1999，p.16～20。

67. 張子開，略析敦煌文獻中所見的念佛法門〔J〕，（臺灣）慈光學報，2001（12）：193～211。

68. 章軍華，原型的再生：孫悟空與方相氏〔J〕，東南大學學報（哲學社會科學版），2006（9），84～85 頁。

69. 章培恒,《封神演義》的性質、時代和作者〔M〕,獻疑集,長沙:嶽麓書社,1993。

70. 章培恒,《封神演義》作者補考〔J〕,復旦學報,1992(4)。

71. 章培恒,百回本《西遊記》是否吳承恩所作〔J〕,社會科學戰線,1983,(4)。

72. 鄭振鐸,《西遊記》的演化,載鄭振鐸文集(五)〔M〕,北京:人民文學出版社,1988。

73. 鄭志明,《封神演義》的多重至上神觀〔J〕,神明的由來——中國篇,嘉義:南華管理學院,1997,306 頁。

74. 周華斌,方相·饕餮考〔J〕,戲劇藝術,1992(3)。

75. 周倩,關公信仰淺論〔J〕,民俗研究,1994(03)。

76. 周志清,關公與關公文化〔J〕,文史月刊,2004(01)。

77. 朱秋鳳,《封神演義》神仙譜系研究〔D〕,臺北國立臺灣師範大學國文研究所碩士論文,1987 年 6 月。

78. 朱越利:《封神演義》與宗教〔J〕,宗教學研究,2005(3)。

【專著】

1. 〔澳〕柳存仁,和風堂讀書記〔M〕,香港:龍門書店,1977。

2. 〔荷蘭〕許理和,佛教征服中國〔M〕,南京:江蘇人民出版社,1998。

3. 〔美〕Mircea Eliade,宇宙與歷史:永恆回歸的神話〔M〕,楊儒賓譯,臺北:聯經出版事業公司,2000。

4. 〔美〕韓森,變遷之神:南宋時期的民間信仰〔M〕,杭州:浙江人民出版社,1999。

5. 〔美〕米爾恰·伊利亞德,神聖與世俗〔M〕,王建光譯,北京:華夏出版社,2002。

6. 〔美〕米爾恰·伊利亞德,宗教思想史〔M〕,上海:上海科學院出版社,2004。

7. 〔美〕牟復禮、〔英〕崔瑞德編,張書生、黃沫等譯,劍橋中國明代史(1368～1644)〔M〕,北京:中國社會科學出版社,1992。

8. 〔美〕韋思諦,中國大眾宗教〔M〕,陳仲丹譯,南京:江蘇人民出版社,2006。

9. 〔日〕白鳥庫吉,東胡民族考〔M〕,太原:山西人民出版社,2015。

10. 〔日〕宮崎市定,宮崎市定亞洲史論考〔M〕,上海:上海古籍出版社,2017。

11. 〔日〕谷川道雄,隋唐帝國形成史論〔M〕,上海:上海古籍出版社,2011。

12. 〔日〕谷川道雄,中國中世社會與共同體〔M〕,上海:上海古籍出版社,2013。

13. 〔蘇〕約・阿・克雷維列夫,宗教史〔M〕,北京:中國社會科學出版社,1984。

14. 〔英〕弗雷澤,金枝〔M〕,中國民間文藝出版社,1987。

15. 〔英〕柯林武德,歷史的觀念〔M〕,何兆武、張文傑譯,北京:商務印書館,1997。

16. Encyclopedia of Religion and Ethics〔K〕,New York:CHARLES SCRIBNER'S SONS, 1928.

17. 曾勤良,臺灣民間信仰與封神演義之比較研究〔M〕,臺北:華正書局,1985。

18. 陳建憲,玉皇大帝信仰〔M〕,北京:學苑出版社,1994。

19. 陳夢家,殷虛卜辭綜述〔M〕,科學出版社,1956。

20. 慈怡主編,佛光大辭典〔Z〕,北京:北京圖書館出版社,2004。

21. 丁山,中國古代宗教與神話考〔M〕,上海:上海文藝出版社,1988。

22. 葛兆光,中國思想史(第一卷)〔M〕,上海:復旦大學出版社,2002。

23. 古正美,從天王傳統到佛王傳統:中國中世佛教治國意識形態研究〔M〕,臺北:商周出版,2003。

24. 顧頡剛,顧頡剛古史論文集(第一冊)〔C〕,北京:中華書局,1988。

25. 郝鐵川,灶王爺、土地爺、城隍爺——中國民間神研究〔M〕,上海:上海古籍出版社,2003。

26. 何新,諸神的起源〔M〕,三聯書店,1986。

27. 胡適,中國章回小說考證〔M〕,合肥:安徽教育出版社,2006。

28. 姜生,漢帝國的遺產:漢鬼考〔M〕,北京:科學出版社,2016。

29. 藍吉富主編,中華佛教百科全書〔Z〕,臺南:中華佛教文獻基金會,1994。

30. 羅竹風主編,中國大百科全書・宗教卷〔Z〕,北京:大百科出版社,1988。

31. 馬書田,華夏諸神〔M〕,北京:北京燕山出版社,1990。

32. 孫楷第,日本東京所見中國小說書目〔M〕,上雜出版社,1953。

33. 孫楷第,中國通俗小說書目〔M〕,北京:人民文學出版社,1982。

34. 孫英剛,何平,犍陀羅文明史〔M〕,北京:生活・讀書・新知三聯書店,2018。

35. 孫英剛,神文時代:讖緯、術數與中古政治研究〔M〕,上海:上海古籍

出版社，2015。

36. 田餘慶，拓跋史探〔M〕，北京：生活·讀書·新知三聯書店，2019。

37. 王伯祥，增訂李太白年譜〔M〕，成都：四川人民出版社，1981。

38. 王明珂，游牧者的抉擇：面對漢帝國的北亞游牧部族〔M〕，上海：上海
人民出版社，2018。

39. 王永謙，土地與城隍信仰〔M〕，北京：學苑出版社，1994。

40. 徐沖，中古時代的歷史書寫與皇帝權力起源〔M〕，上海：上海古籍出版社，
2017。

41. 薛克翹，印度密教〔M〕，北京：中國大百科全書出版社，2017。

42. 楊慶堃，中國社會中的宗教：宗教的現代社會功能與其歷史因素之研究
〔M〕，范麗珠主譯，上海：上海人民出版社，2007。

43. 印順，佛法概論〔M〕，臺北：正聞出版社，1992。

44. 余欣，中古異相：寫本時代的學術、信仰與社會〔M〕，上海：上海古籍
出版社，2015。

45. 袁珂，山海經校注〔M〕，成都：巴蜀書社，1996。

46. 詹鄞鑫，神靈與祭祀——中國傳統宗教綜論〔M〕，江蘇古籍出版社，
2000。

47. 張采田，玉谿生年譜會箋〔M〕，上海：上海古籍出版社，1983。

48. 張經緯，四夷居中國：東亞大陸人類簡史〔M〕，北京：中華書局，2018。

49. 張靜二，西遊記人物研究〔M〕，臺北：臺灣學生書局，1984。

50. 趙景深，中國小說叢考〔M〕，濟南：齊魯書社，1980。

51. 趙杏根，中國百神全書——民間神靈源流〔M〕，海口：南海出版公司，
1993。

52. 鄭土有、王賢淼，中國城隍信仰〔M〕，上海：上海三聯書店，1994。

53. 周叔迦，法苑談叢〔M〕，中國佛教協會，1985。

54. 朱芳圃，中國古代神話與史實〔M〕，鄭州：中州書畫社，1982。

55. 朱天順，中國古代宗教初探〔M〕，北京：中華書局，1982。

附錄：文殊與普賢信仰之交錯——
英藏敦煌菩薩像中的信仰誤讀探析

摘要：

　　本文從斯坦因所收集的兩幅唐五代時期佛菩薩繪畫作品中發現文殊與普賢信仰交錯的一個特例，而此特例在中國後世民間雕版印刷作品中再次出現。通過仔細的甄別考證，可發現此信仰極有可能是在密教弘法過程中出現的一個錯訛樣本，此樣本在後續的傳承當中並未得到有效修正，反而得以延續傳承下來。研究發現其產生與不空在敦煌地區的弘揚密法有極大關聯，其產生與傳承的過程展示了密教信仰在唐末五代時期的特色，也呈現出民間信仰的某種特殊樣態。

關鍵詞：文殊信仰　普賢信仰　民間信仰

　　菩薩信仰是佛教信仰體系當中的重要構成元素，其中尤以觀音信仰、文殊信仰與普賢信仰為甚。觀音信仰之普及無需贅言，而文殊菩薩「法王子」和「三世佛母」的地位使得其信仰在整個佛教信仰體系中具備典型的代表意義，與文殊菩薩同為釋迦牟尼佛脅侍的普賢菩薩也因其獨特地位而在中國獲得了民眾的普遍崇信，此二種信仰均在中國得以發揚壯大，發展出獨立的道場，從而與觀音、地藏一同被列為佛教四大菩薩。對於文殊、普賢乃至四大菩薩的信仰研究，在很大程度上能夠呈現出佛教信仰在中國確立與傳播的歷史過程與特色、意義等，其信仰之興起與傳播過程尤為值得進行關注，從佛教東傳到菩薩信仰深入中國民眾的內心世界，期間經歷了漫長的過程與變化轉折，最後成功完成了本土化與民間化，在此過程中，其內部信仰體系之間

產生過怎樣的交錯變化，又是哪些因素導致了這樣的狀況發生，是我們所應
關注的內容。本文以英藏敦煌菩薩像中的文殊信仰和普賢信仰的交錯案例入
手，擬對菩薩信仰傳播過程中的內外歷史因素進行探討，以求探尋更為貼近
歷史真相的中國古代民間信仰狀況，以及延續至今的中國民間信仰特點。

一、三個樣本：文殊與普賢信仰交錯的圖像化呈現

1. 樣本一：Stein painting 5 Ch.iv.023 絹畫四觀音文殊普賢菩薩像〔註1〕

圖1：Stein painting 5 Ch.iv.023 絹畫四觀音文殊普賢菩薩像

〔註 1〕 圖像來自 Google Arts and Culture 網站，https://www.google.com/culturalinstitute/
beta/asset/four-manifestations-of-avalokiteshvara-with-samantabhadra-and-manjus
hri-a-painting-on-silk/hgGAHH_w-Rtf8A?hl=zh-cn

　　圖 1 目前藏於大英博物館，以本文所探討的問題而言，值得關注的有如
下幾點：

（1）年代和供養人

圖 2：Stein painting 5 Ch.iv.023 絹畫四觀音文殊普賢菩薩像（下方局部）

　　解讀圖 2，其發願文題記爲：

　　　　一爲當今皇帝二爲本使司空

　　　　三爲亡父母及合……

　　　　無之災障……

　　　　咸通五年……

　　咸通爲唐懿宗年號，咸通五年即公元 864 年，敦煌地區此時已屬張議潮
統治的歸義軍時期。發願文兩側分別繪有供養人畫像，右側爲男性，左側爲
女性。從中心至兩側，其題記分別爲：

　　　　右：

　　　　父僧神威一心供養

　　　　兄亡將唐我一心供養

　　　　兄唐小晟一心供養

　　　　衙前虞侯唐安諫

　　　　左：

　　　　比丘尼妙義一心供養

　　　　尼福妙一心供養

　　　　母曲氏一心供養

　　　　阿婦什三娘一心供養

（2）特殊的稱號：「大聖文殊普賢菩薩」

圖 3：Stein painting 5 Ch.iv.023 文殊普賢菩薩題記

　　此圖中最爲引人注意的地方在於兩位菩薩的題記，右側是文殊菩薩，題
曰「大聖文殊師利菩薩」；左側是普賢菩薩，題曰「大聖文殊普賢菩薩」（見
圖3）。前者無甚特別，後者就很突兀了，「大聖文殊普賢菩薩」的稱號前所未
見。如果題記僅有此一行，尚可理解爲對二菩薩的稱號標記，但此圖像的狀
況顯然並非如此。

　　在這裡，「文殊」似乎被當做了一種稱號來使用，在普賢菩薩的名號之前
冠以「大聖」和「文殊」的稱號；或者「文殊普賢」和「文殊師利」一樣，
被視作了菩薩的名號。如果這種情況僅僅出現一例，我們尚可忽略過去，視
作一個錯訛的樣本，但實際情況是，我們還發現了其他類似的樣本存在（詳
見後文），那麼極有可能的情況是，這種信仰的交錯，在民間保留著信仰的傳
承與延續。

　　（3）明顯的密教信仰特徵

　　可以看到，圖 1 中除了繪有文殊和普賢二菩薩以外，畫面上部還繪有四
身觀音像，分別題作「大悲救苦觀世音菩薩」「大聖救苦觀世音菩薩」「大悲
十一面觀世音菩薩」和「大聖而（如）意輪菩薩」。這四身觀音和文殊、普賢
二菩薩的圖像，給我們呈現的則是具有明顯密教特徵的圖景：

「大悲觀音」即千手千眼觀音之異名。〔註2〕據《佛光大辭典》「聖觀音」條，「聖觀音又作正觀世音菩薩、正觀音。與「千手觀音」、「十一面觀音」、「如意輪觀音」相對稱。……此尊位於胎藏界曼荼羅蓮華部中，身呈白肉色，頭戴寶冠，左手持蓮花，右手微啓，呈蓮花形」。「十一面觀音」「如意輪觀音」亦均位於胎藏界曼荼羅中。

此外，據丁福保《佛學大辭典》「文殊所乘師子與孔雀」條：「文殊乘師子，以表智慧之獰猛，且文殊以所居清涼山有五百毒龍，爲降伏之故也。胎曼中之兩文殊，皆坐白蓮臺。兒文殊亦不乘獅子。乘獅子爲八字儀軌之說也。蓋乘獅子者，乃金剛界之文殊，坐白蓮者乃胎藏界之文殊也。」

因此，就圖 1 所表現的信仰圖景來說，四身觀音像與文殊像都是屬於密教信仰體系的，故而我們能夠得出的合理推論是，供養人唐安諫一家信奉的是佛教密教系統。

（4）其所呈現的唐末敦煌地區佛教信仰狀況

學界已有多位學者對於唐五代時期敦煌地區的僧眾及其家人的社會生活狀況進行了較爲深入的探討，如郝春文《唐後期五代宋初敦煌僧尼的社會生活》〔註3〕、余欣《神道人心：唐宋之際敦煌民生宗教社會史研究》〔註4〕等，其中有關於敦煌僧尼生活的相關研究，並提到當時敦煌的僧尼居住在寺廟內外的情況都有出現，更爲重要的是，即便是出家僧尼，其與家庭、家族卻存在著緊密的互爲依存的關係。〔註5〕就圖 1 所展現的供養人情況來分析，供養人唐安諫一家，父親出家爲僧，母並未出家，而比丘尼妙義和福妙應當是家中親人，極有可能這一家人出家僧尼和家人是居住在一起的，即便沒有居住在一起，亦應屬聯繫十分緊密，與傳統認知上的「出家」狀態迥異。

由此我們則可以認爲，圖 1 反映出的唐安諫一家，其信仰狀況亦頗具代表意義。既有完全皈依教門的信徒，也有受到親屬信仰影響的普通民眾，而後者則完全符合楊慶堃所提出的「擴散型宗教」的範疇：其信仰、禮拜儀式

〔註2〕據丁福保《佛學大辭典》「大悲觀音」條。
〔註3〕郝春文，唐後期五代宋初敦煌僧尼的社會生活〔M〕，北京：中國社會科學出版社，1998。
〔註4〕余欣，神道人心：唐宋之際敦煌民生宗教社會史研究〔M〕，北京：中華書局，2006。
〔註5〕參見郝春文《唐後期五代宋初敦煌僧尼的社會生活》第二章〈敦煌僧尼的生活方式〉，pp.74～122。

和職業人員是如此密切地和一種或更多的非宗教的社會習俗融合在一起，以致於他們成為後者的一部分觀念、儀式和結構，從而無法被界定為獨立的存在。〔註6〕而這一部分民眾恰恰構成了中國民間信仰的主體，成為「維護習俗和社會秩序的重要力量」。

2. 樣本二：Stein Painting Ch.00224 天福四年繪彌勒並文殊、普賢圖〔註7〕

圖4：Stein Painting Ch.00224 天福四年繪彌勒並文殊、普賢圖

〔註 6〕 C.K.Yang, Religion in Chinese Society: A Study of Contemporary Social Functions of Religion and Some of Their Historical Factors, Berkley: University of California Press, 1961, pp.294～340.

〔註 7〕 圖像來自 British Museum 網站 http://www.britishmuseum.org/research/collection_ online/collection_object_details/collection_image_gallery.aspx?partid=1&assetid= 452001&objectid=6591

圖4同樣藏於大英博物館，需要關注的是：

（1）年代與供養人

圖4下方發願文題記爲（從左至右）：

> 蓋聞釋迦巍巍光相三十二……
>
> ……容八十種好凡夫之人須……
>
> 火宅三車空□□龍出難
>
> 弟子頓悟賢者□淳風……
>
> 族蓮府……繪……
>
> 今且宿病纏縈……
>
> ……
>
> 三塗兼及亡過優
>
> 土合室枝羅並……窮永保長
>
> 隆十類四生齊登興……
>
> 於時天福四年乙亥歲三月四日題記

天福爲後晉石敬瑭之年號，天福四年即公元 939 年，與圖 1 的繪製年代相差 75 年，此時，唐王朝已經終結，中原地區屬五代時期，敦煌地區則爲曹元德、曹元深擔任歸義軍節度使的時期。這一時期敦煌地區相對穩定，佛教得到曹氏政權的支持而持續發展壯大，佛教在當地社會各階層中影響巨大。

圖中所繪供養人則並無僧侶出現，而是世俗民眾，供養的目的由發願文來看，主要是因爲「宿病纏縈」，希望能夠通過信仰的力量來解決自身的病痛之苦，其他如護祐亡者、眾生等應屬較爲常規的祈請內容。以畫中男主人的穿著來看，供養人一家亦應屬官宦之家。

（2）「聞隨師離菩薩」與「聞隨補賢菩薩」

圖5：Stein Painting Ch.00224 天福四年繪彌勒並文殊、普賢圖局部（菩薩題記）

此樣本特別引起關注的是兩尊菩薩像的題記，分別爲「聞隨師離菩薩」和「聞隨補賢菩薩」。「聞隨師離」顯然是「文殊師利」的不同音譯方案或者因爲口耳相傳造成的不同文本書寫，然而遍檢群經，我們並未發現任何佛教經典中出現同樣或類似的稱號。就此圖像繪製的年代而言，大量的佛教典籍均已翻譯爲漢文，那麼相應的諸佛菩薩之漢譯名稱也已經較爲確定，在這個時間段出現迥異於流行經典中的菩薩漢譯名稱，就顯得非常突兀。與此同時，「聞隨補賢」就更不太符合普賢菩薩的一般稱號了，經典當中也從未出現過「補賢」的漢譯名稱。對比上文圖1的「大聖文殊普賢菩薩」，我們可以確定這個稱號是指普賢菩薩無疑。

（3）與圖1之聯繫：可能存在的傳承關係

確定了「聞隨師利」「聞隨補賢」是指文殊、普賢二位菩薩，那麼隨之而來的問題就是「文殊」或者「聞隨」都被以某種邏輯冠在了普賢菩薩的名號之前，這個邏輯是什麼？是來自佛教經典還是某個獨特教內流派？前後相差數十年的這兩幅圖像之間，是否具備某種可能的傳承關係？

經過對佛教典籍的檢索，我們並未發現佛教經典能夠予以支撐這種稱呼

出現的邏輯，那麼剩下的可能性就很大程度上集中在誤讀或者錯訛方面。「聞隨」這個詞語前所未見，就其單獨被列出來冠在菩薩稱號之前的行為來看，應當不是來自於梵文「文殊師利」（Manjusri）的直接音譯，而更像是前文提到的「大聖文殊普賢」這種特殊稱號的延續，並在口耳相傳過程中發生了誤讀現象。

那麼，這種誤讀是如何產生的？與地域方音又有怎樣的關聯？「文」與「聞」音同字不同，這點無需贅言。而在中古音系統當中，「殊」為遇攝合口三等字，「隨」為止攝合口三等字，這恰好符合唐五代西北方音的「支微入魚」現象，學界已有學者對此有專文論及〔註 8〕。「支微入魚」指止攝合口三等字讀如遇攝合口三等字，「隨」字中古音聲紐為「邪」，「旬為切」（《廣韻》），則其在唐五代西北方音當讀為 xu；「殊」字在中古音中聲紐為「禪」，「陟輸切」（《廣韻》），擬音為 ziu，z 是 ɕ 的濁輔音，ɕ 音即漢語拼音中的聲母 x，故而在中古音當中，「殊」的讀音接近於 xu。綜上，在唐五代敦煌地區「隨」與「殊」的讀音十分相近，恰好為「文殊」被誤為「聞隨」提供了語言方面的可能性。這兩個容易混淆的方音出現的地域恰好是敦煌所處之西北地區，由此也與圖 4 互證其特殊信仰所出現之年代與地域。

同時，應當注意到，圖 4 繪製的彌勒與文殊、普賢的組合也並不常見。一般情況下，彌勒佛的脅侍菩薩是法華林菩薩和大妙相菩薩，合稱「彌勒三尊」。在信仰系統裏面，信徒和畫工均不會隨意對崇拜對象進行更改，則此種組合必有所本。那麼究竟源自何處呢？我們在阿謨伽三藏（Amoghavajra，705～774 年），即不空三藏所撰《焰羅王供行法次第》中可見如下內容：

> 一心奉請當來下生彌勒尊佛
> 一心奉請盡虛空界一切諸佛
> 一心奉請大聖文殊師利菩薩摩訶薩
> 一心奉請大聖普賢菩薩摩訶薩〔註 9〕

這說明此圖所繪製的佛、菩薩圖像所本同樣源於密教系統，與前文所述圖 1 是屬於同一信仰體系。

如上所述，圖 1 與圖 4 二者之間極有可能存在某種傳承關係，至少是具

〔註 8〕 王軍虎，晉陝甘方言的「支微入魚」現象和唐五代西北方音〔J〕，中國語文，
　　　　2004（3）：267～271.
〔註 9〕 《大正藏》第 21 冊，374 頁下。

備內在聯繫的，只是在傳承過程當中出現了某些訛誤，而這種訛誤在後來並未得到有效的修正，使得這種信仰傳承在民間得以延續。這一點後文還將詳細論及。

3. 樣本三：民間藏品——雕印文殊普賢菩薩像〔註10〕

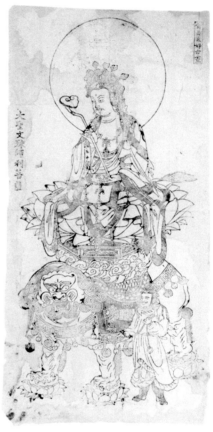

圖 6：雕印文殊普賢菩薩像

此圖出現於 2014 年泰和嘉成春季藝術品拍賣會〔註11〕，其單件尺寸爲 74（H）×36（W）cm。值得關注與探討的是：

（1）年代、作者與地域

此雕印作品繪文殊師利像的一頁右上方題「禽昌朱好古畫」，繪普賢菩薩的

一頁左上方題「小興州趙家雕印」。《山西通志》卷一百六十一載：「（元）朱好古，襄陵人，善畫山水人物，與同邑張茂卿、暢雲瑞具以畫名家，人得之若拱璧，號『襄陵三畫』。」〔註12〕襄陵屬今山西臨汾市，北魏神䴥元年（428 年）置禽昌郡，因北魏太武帝擒赫連昌於此，故名。根據相關考證，張茂卿活動於元至正年間，則朱好古應為其同時之人〔註13〕。有文章指出：「據史書、家譜、碑文記載，今保定有 73 個明初所建的小興州移民村，其自稱來自『山西小興州』、『山西洪洞小興州』或『小行舟』。」〔註14〕「小興州」究竟指何處目前尚有爭議，但不論如何，其與明代山西移民有極大的聯繫，而在移民之前，並未出現有「小興州」的說法，故此作品應當是製作於明初以後。其製作地域極有可能在山西、河北一帶。同時此地域出現傳承自唐末的信仰，也表明數百年間北方地區民眾的交流與遷移，才能使得此信仰從敦煌地區得以流傳至河北、山西一帶。

（2）另一個相似樣本

圖 7：清刻印文殊普賢像（局部）

無獨有偶，在上海國拍 2006 春季藝術品拍賣會上也出現了一幅極為相似

〔註12〕《山西通志》卷 161《藝術志》，文淵閣四庫全書本。
〔註13〕徐迅，永樂宮「待詔」畫工略考〔J〕，中國畫刊，2014（6）：61.
〔註14〕魏雋如，明初移民保定的小興州人為何稱來自山西或洪洞縣〔J〕，中國歷史地理論叢，2000（2）：179。

的作品〔註 15〕。限於條件，我們目前僅能看到此拍品的局部，拍賣方標記年
代和材質爲「清刻本麻紙 2 張」，尺寸標記爲「尺寸不一」。此局部圖像我們
可以在右上角看到「古畫」的字樣，所繪菩薩像與圖 6 之文殊像十分接近。
我採用數字技術將兩張圖進行了等比放大的拼合，如下圖：

圖 8：圖 6、圖 7 重疊拼合圖

　　可以看出，在文殊菩薩面部完全重合的情況下，圖像其他區域位置並不
能完全重合。兩張圖像所題「朱好古畫」並不處於同一位置，菩薩頭光也和
身體部分也並非是重合的。但顯然，兩張圖像是源自同一幅作品的，也就是
題作「禽昌朱好古畫」的原圖，但雕版並不是同一個，應當是不同的雕刻版
本，以致於造成畫面有細微的比例差異。

（3）「大聖文殊普賢」信仰之傳承延續

　　在圖 6 中可以看到，再次出現了「大聖文殊普賢菩薩」的題記。但無論是
圖 6 還是圖 7，其製作時代都遠遠晚於前文所述的圖 1，並且可以發現，圖 6
的文殊菩薩像並不是以圖 1 爲粉本的。這意味著可以排除掉畫家或者畫工臨摹
前作的可能性。但相應的，在信仰傳承過程中出現錯訛的「大聖文殊普賢菩薩」
稱號卻歷經宋、元之世，而流傳了下來，證明其間並未斷絕的信仰傳承。

─────────────

〔註 15〕 圖像來自雅昌藝術網，http://auction.artron.net/paimai-art39730223/

同時我們應注意到，圖 6 是雕版後用於印刷的，這意味著會批量進行印製，寺廟自身對這種印製的菩薩像使用需求並不突出，那麼極有可能是民間用於進行祈請和供奉的。這說明此信仰傳承發展到明代，很可能是透過民間信仰的渠道來進行的傳承，這也符合普通民眾不會去有意識對所崇奉神靈進行辨別甚至質疑的特點。

二、成因分析

如上所述，上列三個樣本顯然給我們呈現了一個非典型佛教信仰的發展延續過程，這中間涉及到的種種內外因素則值得我們進行更爲深入的探討與研究。

1.「大聖」之稱帶來的混淆可能

上列樣本一和三值得關注的一點是關於「大聖」之稱號。在早期漢譯佛典中，「大聖」在多數情況下都是指釋迦牟尼佛的，如：

魔心念言：「今此沙門（目連），未曾見我，亦不知我，橫造妄語：『弊魔！且出且出！勿嬈如來及其弟子，將無長夜，獲苦不安。』正使其師大聖世尊，尚不知吾，況其弟子？」〔註16〕

爾時，世尊默然受請。時師子大將以見世尊默然受請，即從坐起，頭面禮足，便退而去，還至家中，辦具種種飲食，敷好坐具，即白：「時至，今正是時，唯願大聖垂愍臨顧。」〔註17〕

太子（釋迦牟尼）初欲發足出家，有一天子，唱如是言：「願善吉利大法船師，今欲度脫無量眾生於煩惱海。」復有一天，唱如是言：「願無障礙大聖世尊，今欲出家渡生死海。」〔註18〕

復有五百仙人，處在林澤，見光普照地悉金色，仰觀如來與諸大眾遊行乘虛，心懷踊躍，敬心倍隆，仰請佛言：「唯願大聖！暫勞神形，因見過渡，聽在道次。」〔註19〕

如來境界無邊際，世間自在稱無上。佛難思議無倫匹，相好光

〔註16〕《弊魔試目連經》卷 1，《大正新修大藏經》第 1 冊，867 頁上。
〔註17〕《增壹阿含經》卷 51《大愛道般涅槃品第五十二》，《大正藏》第 2 冊，826 頁上。
〔註18〕《佛本行集經》卷 17《捨宮出家品下》，《大正藏》第 3 冊，731 頁中。
〔註19〕《賢愚經》卷 6，《大正藏》第 4 冊，396 頁下。

明照十方，大聖世尊正教道，猶如淨眼觀明珠。〔註20〕

當然亦不乏部分例外情況，以「大聖」來稱呼如菩薩、諸天等的，但此種情況相對較少，亦並未特指某位菩薩。而到了唐代，佛法大興，翻經日盛，我們可以發現「大聖」這個稱號在佛教經典當中越來越多地用於對文殊菩薩的專門指稱，這一點可以從日僧圓仁（793～864年）《入唐新求聖教目錄》中冠以「大聖」之名的經目中窺見一斑：

大聖曼殊室利童子菩薩一字眞言有二種亦名五字瑜伽法一卷
（不空）

大聖文殊師利菩薩贊佛法身禮一卷（不空）

大聖文殊師利菩薩佛刹功德莊嚴經三卷（不空）

大聖妙吉祥菩薩秘密八字陀羅尼修行曼茶羅次第儀軌法一卷
（淨智金剛譯）

五臺山大聖竹林寺釋法照得見台山境界記一卷〔註21〕

儘管如此，需要注意到的是，普賢菩薩也有在經典中被稱爲「大聖」的情況出現，如《大方廣佛華嚴經》卷80《入法界品》：

爾時，普賢菩薩摩訶薩告善財言：「善男子！汝見我此神通力

不？」

「唯然！已見。大聖！此不思議大神通事，唯是如來之所能

知。」〔註22〕

但此種情況若要成爲給普賢菩薩冠以「大聖」名號的依據，顯然並不充分。就信眾而言，無論是出資繪像的供養人一家，還是實際操作的畫工，都不會隨意給菩薩冠以某個稱呼，因此這一稱呼必有所本。

而我們在唐代翻譯的密教經典當中發現了更爲有力的證據。前引不空三藏所撰《焰羅王供行法次第》中有如下內容：

一心奉請大聖文殊師利菩薩摩訶薩。

一心奉請大聖普賢菩薩摩訶薩。〔註23〕

可以看到，這裡已經出現了直接對文殊菩薩和普賢普賢冠以「大聖」之稱的

〔註20〕《大方廣佛華嚴經》卷1，《大正藏》第9冊，397頁中。

〔註21〕《大正藏》第55冊，1079頁。其中曼殊室利童子菩薩、妙吉祥菩薩均爲文殊菩薩，末條「五臺山大聖竹林寺」亦是以文殊爲「大聖」。

〔註22〕《大正藏》第10冊，441頁中。

〔註23〕《大正藏》第21冊，374頁下。

情況。在唐行琳所集《釋教最上乘祕密藏陀羅尼集》卷 10 中，也出現了「大聖普賢菩薩」的稱號：

> 大聖普賢菩薩般若佛母陀羅尼
>
> 大聖普賢菩薩行海願海陀羅尼
>
> 大聖法身普賢菩薩說大樂不空眞實金剛三昧耶陀羅尼
>
> 大聖普賢菩薩勝慧陀羅尼〔註24〕

由此可以發現，文殊菩薩與普賢菩薩同時被冠以「大聖」稱號的情況，只在佛教密教經典中出現，而由「大聖」產生的混淆可能則在很大程度上是由不空所譯密教典籍所導致。根據余欣的研究，敦煌文獻中存在的幾件散食文體現了焰口施食儀軌的存在，而「由於不空在唐代中期宗教界和政界的崇高地位，經他大力弘揚後，此密教儀式遂大行於天下」〔註25〕。

2. 佛典中的文殊、普賢並舉及形象交錯

另一個造成文殊與普賢混淆交錯的原因則在於佛典當中常有文殊、普賢並舉的狀況，這種情況在顯教與密教的經典中均有出現。尤其是《華嚴經》當中，「華嚴三聖」的影響至遠至深。此例佛典中出現之處頗多，不贅言。

除了經典中的並舉之外，我們還能發現文殊菩薩與普賢菩薩形象方面的交錯。在民眾的一般認知當中，文殊菩薩騎獅，普賢菩薩騎六牙白象，這應是最普遍常見的形象。然而，在佛教經典中我們也能看到普賢騎獅的例子：

> 爾時，普賢菩薩摩訶薩於如來前，坐蓮華藏師子之座，承佛神力，入於三昧。〔註26〕
>
> 時善財童子即見普賢菩薩，在如來前眾會之中，坐寶蓮華師子之座，諸菩薩眾所共圍遶，最爲殊特，世無與等；智慧境界無量無邊，難測難思，等三世佛，一切菩薩無能觀察。〔註27〕

上引二例均出自《華嚴經》，此經典流佈影響甚巨。通過上文所述三個樣本的菩薩信仰來源情況，我們可以發現此信仰與不空三藏所傳密教有極爲密切的關係。而不空與《華嚴經》則同樣有著密切的聯繫，蔣維喬《中國佛教史》

〔註24〕《房山石經》第 28 冊，81～82 頁。

〔註25〕參見余欣《神道人心：唐宋之際敦煌民生宗教社會史研究》第一章第二節〈散食文與焰口施食儀軌〉，pp.62～67。

〔註26〕《大方廣佛華嚴經》卷 7《普賢三昧品》，《大正藏》第 10 冊，32 頁下。

〔註27〕《大方廣佛華嚴經》卷 80《入法界品》，《大正藏》第 10 冊，440 頁上中。

認爲「唐代密教之來，功歸於善無畏、金剛智二人，其盛也，則借不空三藏之力」，「蓋不空解密教，往往取資於華嚴，觀指歸所引華嚴之文，可以明矣」〔註28〕。由於年代久遠，亦無文字記載，我們無法篤定究竟是何原因導致了「文殊普賢菩薩」這個與典籍不符的稱號之形成原因，但通過種種抽絲剝繭的分析，可以認爲，這種錯訛的產生極大可能是因爲某位或某些僧人在傳法過程中對文殊與普賢的混淆而導致，產生混淆的原因可能是緣於經典中多處文殊與普賢的並舉和文殊普賢形象在某些場合的交錯，而不空所傳密教經典則提供了導致「大聖文殊普賢菩薩」稱號產生的可能性，從而使得這種特例的信仰在唐五代的敦煌地區得以流傳。

3. 敦煌地區密教的流行與特殊的傳承方式

信仰既然得以流傳，則必然有其渠道與方式。本文所論及的「大聖文殊師利」與「大聖文殊普賢」、「聞隨師離」與「聞隨補賢」的特殊信仰，則是依託於密教的儀軌等得以延續與傳承。

關於唐五代敦煌地區密教的傳播，宿白在其《敦煌莫高窟密教遺跡箚記》中指出：「不空長期在西陲弘密，可以估計更直接刺激了敦煌密教的繁盛。莫高窟自盛唐以後，密教形象無論在種類數量乃至所在位置等方面，持續了較長時期的發展趨勢，大約都與此不無關係。」〔註29〕余欣《神道人心：唐宋之際敦煌民生宗教社會史研究》對此狀況也有關注和探討。〔註30〕從本文所列樣本一、二來看，密教在唐末五代敦煌地區的流行業已深入民眾的日常生活，無論出家僧尼，還是在家俗人，均對密教神祇有著一定的崇奉與信仰。以樣本一、二呈現的供養人圖景來看，官宦家庭或家族無疑也是這種信仰的重要推動力量。

在信仰傳承延續方面，由於此種信仰隸屬密教體系，則必然依託密教的傳承得以延續和擴展傳播。相對於顯教而言，密教高度注重咒術、壇場、儀軌等，對設壇、供養、誦咒、灌頂皆有嚴格之規定。也正因爲此種原因，在前輩傳法過程中出現的錯訛，後來的密教信徒是很難對其進行修正的，所有的儀軌必須按照前輩所傳之法進行傳承與延續，這也就導致了我們今天尚能看到一種因爲錯訛而導致的信仰在唐末五代產生之後，還能得以在後世延續

〔註28〕蔣維喬，中國佛教史〔M〕，第14章，北京：中華書局，2015。
〔註29〕宿白，中國石窟寺研究〔M〕，北京：文物出版社，1996，p.282。
〔註30〕參見氏著第一章第四節〈密教流佈及其影響〉，p.72～74。

傳承，甚至直至明清。

4. 民間信眾的信仰特點

就普通信眾這個角度而言，由於古代信眾普遍知識水平不高，對佛教教理教義的實際認知極少，即便是僧侶，也有相當數量存在此種情況。因此也很難從信眾的角度對已出現錯訛的信仰進行修正。再加之文殊與普賢歷經唐宋之傳播，早已深入中國普通民眾的心目當中，對於二者的交錯並不會產生特別的牴觸與違逆。

三、總結

如上所揭，本文討論的由唐五代時期敦煌佛菩薩畫像題記中發現在一個信仰特例，在當時及其後數百年間的傳承與傳播過程中，展現出了佛教信仰尤其是密教信仰藉由其體系內的多菩薩信仰向中國民間滲透的過程。

密教信仰因不空三藏的大力弘揚而在敦煌地區蓬勃發展，其翻譯的多部密教經典也被用於僧侶的現實儀軌當中，在此背景之下，由於某位僧侶或信徒在接受過程中出現了將文殊與普賢之名號交錯的錯訛，導致產生了與常規迴異的菩薩名號「大聖文殊普賢菩薩」，又或因口耳相傳之誤，產生了「聞隨補賢菩薩」之名號，而這種特殊的名號在數百年的傳承中並未得以修正或消亡，反而向我們展示了佛教信仰在傳承過程中頑強的生命力，其傳承因素亦頗得力於密教嚴格、特殊的傳承方式。

同時，此案例也表現出普通信眾並不會主動判別其信仰對象的細微差別，對於信徒而言，其所信仰的神祇是具備「不可抗拒性」的，魯道夫・奧託（Rudolf Otto）在論述宗教信仰的非理性因素時就談到：「一切類型的神秘主義的一個共同特徵，便是自我與超驗的實在在不同程度上的認同作用（Identification）。……但是，對神秘主義來說，單是『認同』還是不夠的，必須是與在力量和實在性上都絕對至高無上且完全非理性的某種東西（the something）的認同。」〔註31〕信眾對神祇的絕對信仰會導致他們不會去主動判別其中的細微差異與對錯。同時我們也當注意到，從某種程度上而言，當時的普通民眾亦並不具備判別其中差異的能力，而是更看重信仰所能帶來的實際效用。

〔註31〕〔德〕魯道夫・奧托，論神聖〔M〕，成都：四川人民出版社，1995，p.26。

　　此一信仰特例不僅體現出唐五代時期敦煌的密教信仰狀況之一斑，同時也在相當程度上體現了中國密教信仰以及民間信仰體系的部分特質，其傳承過程及傳播方式都可資我們在探討中國佛教信仰與民間信仰等議題的過程中予以關注與審視。